보이첵

뷔히너 단편선

보이첵

뷔히너 단편선

게오르그 뷔히너 지음 | 이재인 옮김

더클래식

일러두기_영문판 원고는 아래의 웹페이지를 참고했습니다.

http://www.brentmblackwell.com/courses/woyzeck.pdf 〈보이첵〉
http://www.guschlbauer.com/Texte/L&L.pdf 〈레옹스와 레나〉

※〈보이첵〉은 현재까지 세 종류의 원고가 있는데, 두 종류의 내용은 같고 다른 하나는 약간 다릅니다. 독일어 원본 자체가 독일에서도 다르게 유통되고 있는데, 그 이유는 작가가 요절한 후에 희곡의 장면들 순서도 확정되지 않은 상태로 원고가 발견되었기 때문입니다. 연구가들이 유고를 검토하면서 장면의 순서를 배열해서 (일종의 조립으로) 작품을 완성했기에 세 가지의 원본이 생겼고, 이는 아직까지도 그대로 통용되고 있습니다. 따라서 한글판과 영문판의 원고 내용이 약간 다른 점, 독자 여러분께 양해를 부탁드립니다.

| 차례 |

보이첵 7
레옹스와 레나 81
렌츠 165

작품 해설 212
작가 연보 224

보이첵

등장인물

제1장

들판, 멀리 마을이 보인다

(보이첵과 안드레스가 숲에서 나뭇가지를 자르고 있다.)

보이첵 이봐, 안드레스.
저기 풀 위로 나 있는 줄무늬 같은 자국 좀 봐.
거기에 저녁에는 해골이 굴러다녀.
언젠가는 어떤 사람이 그것을 들고 고슴도치라고 하더군.
사흘 낮과 사흘 밤 동안 그것은 대팻밥 위에 놓여 있었어.
(낮은 목소리로) 안드레스,
그것은 프리메이슨 단원들이었어. 확실해.
프리메이슨 단원들이야. 쉿!

안드레스 (노래한다.)

저기 두 마리 토끼가 앉아 있네

녹색, 녹색 풀을 뜯어 먹었지…….

보이첵   쉿! 뭔가 움직인다!

안드레스   녹색, 녹색 풀을 뜯어 먹었지…….

           잔디만 남기고 다 뜯어 먹었지.

보이첵   내 뒤에서 뭔가 움직여, 발밑에서 움직이네.

           (땅바닥을 쿵쾅거린다.)

           텅 비었어. 들려? 땅 밑이 텅 비어 있다고.

           프리메이슨 단원들이야!

안드레스   무서워.

보이첵   정말 이상하게 조용하구만.

           숨도 제대로 못 쉬겠어. 안드레스!

안드레스   뭔데?

보이첵   무슨 말이든 해 봐!

           (들판 쪽을 응시하며) 안드레스! 정말 환해!

           하늘이 불이 난 것처럼 밝고

           요란한 나팔 소리 같은 것이 들려.

           점점 다가오는 것 같아! 가자.

뒤를 돌아보지 마.

(그를 수풀 속으로 잡아당긴다.)

안드레스　(잠시 후에) 보이첵! 아직도 무슨 소리가 들려?

보이첵　　조용해, 모든 것이 조용해. 마치 온 세상이 죽은 것 같아.

안드레스　들려? 부대에서 치는 북 소리야. 우리 돌아가야겠다.

━─ 제2장 ─━
마을

(마리가 아이를 안고 창가에 있다. 마그레트.
군악대가 귀영 신호를 연주하며 지나간다.
군악대장이 앞에 간다.)

마리　　(아이를 팔에 안고 흔들면서) 아가야! 라라라!
　　　　들리지? 저기 군인들이 온다.
마그레트　저 남자는 큰 나무 같아.
마리　　저 남자는 마치 사자처럼 당당해.
　　　　(군악대장이 인사한다.)
마그레트　어머, 마리 씨, 그렇게 다정한 눈빛은 처음 봐요.
마리　　(노래한다.)
　　　　군인들, 그들은 정말 멋진 사나이들…….

마그레트   댁의 눈이 지금도 빛나고 있어요.

마리   그래서요!

댁의 눈을 유대인에게 가지고 가서 닦아달라고 하세요.

그러면 아마 댁의 눈도 빛이 날 거예요.

그래서 단추 두 개 값으로 팔 수 있을 거예요.

마그레트   뭐라고요? 이봐요, 나는 행실이 바른 여자예요.

그런데 댁은 수많은 남자들과 놀아나는 여자잖아.

마리   미친년!

(창문을 닫는다.) 내 아가야.

사람들이 뭐라고 하든 상관없단다.

네가 비록 불쌍한 사생아여서 떳떳하지 못하더라도

너는 엄마에게 큰 기쁨을 준단다. 자! 자!

(노래한다.)

아가씨, 지금 무엇을 하려 하오?

어린아이만 있고 남편은 없네.

이런, 내가 그런 걸 묻다니.

나는 밤새 노래하리라.

자장자장 내 아가야, 하하!

너는 나의 전부란다.

한젤아, 여섯 마리 백마를 마차에 매어라,
그리고 먹을 것을 새로 갖다 주어라.
귀리는 먹지 않는단다,
물도 마시지 않는단다,
시원한 포도주를 갖다 주어야 한다. 하하!
시원한 포도주를 갖다 주어야 한다.

(창문을 두드리는 소리가 난다.)

마리 누구세요? 프란츠, 당신이야? 들어와!
보이첵 안 돼. 점호에 가야 해.
마리 무슨 일 있어? 프란츠?
보이첵 (비밀스럽게) 마리, 또 일이 있었어. 많은 일이 있었어.
어떤 기록에도 없는 일이야.
저길 봐. 땅에서 연기가 피어올라.
난로에서 나오는 연기처럼 솟아오르잖아?
마리 프란츠!
보이첵 내 뒤를 따라 마을 앞까지 왔어. 무슨 일이 일어날까?
마리 프란츠!
보이첵 가야겠어. (그가 간다.)
마리 저 사람이, 완전히 정신이 나갔네!

자기 자식 얼굴도 안 보고 가다니.

생각에 빠져 제 정신이 아니구만.

아가야, 너는 왜 그렇게 조용하지? 무서워?

날이 어두워지는구나. 장님이라도 된 것 같아.

보통 때는 가로등 불빛이 들어오는데, 견딜 수가 없네.

몸이 으스스 떨리고 무서워.

(퇴장)

제3장
가설 공연장, 불빛, 사람들

노인 (손풍금에 맞추어 노래를 한다. 어린이는 춤을 춘다.)

세상에 영원한 것은 없네.

우리는 모두 죽어야 하지.

그걸 우리 모두 잘 알고 있다네!

마리 아! 멋있어!

보이첵 불쌍한 사람, 불쌍한 노인! 불쌍한 아이!

어린아이인데! 슬픈 축제로군!

이봐! 마리, 내가 당신을……?

마리 인간은 이성을 가진 바보임에 틀림없어.

그래서 이렇게 말하는 것이지.

바보 같은 세상! 멋진 세상!

호객꾼 (가설 공연장 앞에서) 여러분, 여러분! 이놈을 보세요.

신이 어떻게 이놈을 만들었나 보세요.

아무것도 아니에요. 보잘것없어요.

그렇지만 재주를 보세요.

똑바로 걸을 수 있고 바지와 저고리도 입었어요.

그리고 칼을 찼습니다.

오! 인사를 해봐! 그래 너는 남작이야. 키스를 해라!

(나팔을 분다.)

이놈이 음악을 아는군요.

신사 숙녀 여러분,

여기 커다란 말과 조그마한 카나리아 새가 있습니다.

유럽 모든 군주들의 총애를 받고 있으며

지식인 사회의 구성원이기도 합니다.

이 동물들은 사람들의 나이가 몇인지, 자녀가 몇 명인지,

어떤 병을 앓고 있는지를 알아맞힙니다.

권총도 쏠 줄 알고, 한쪽 다리로 설 수도 있습니다.

모든 것이 다 교육 덕분이지요.

이들은 동물적인 이성을 갖고 있습니다.

아니, 어쩌면 이성적인 동물성을

갖고 있다고 해야 할지도 모르겠습니다.

이들은 많은 인간들처럼 우둔한 동물이 아닙니다.

아, 물론 존경하는 관객 여러분은 제외하고요.

들어오세요. 공연 시간이 되었습니다.
곧 시작합니다.
문명의 발전을 보십시오. 모든 것이 발전합니다.
말도, 원숭이도, 카나리아도!
원숭이는 벌써 군인이 되었군요.
그렇지만 아직 멀었습니다.
인간의 가장 낮은 단계일 뿐입니다!
공연 시작합니다! 시작합니다! 곧 시작합니다!

보이첵   보고 싶어?
마리   그럼, 재밌을 거야. 저 남자의 장식이 달린 복장을 봐.
여자는 바지를 입었네.

(부사관과 군악대장)

부사관   잠깐. 저 여자 좀 봐! 대단한 계집이야!
군악대장   우와, 기마부대 병사들이나
군악대장들 위안부로 쓸 만하겠군!
부사관   머리 좀 봐!
검은 머리를 아래로 늘어뜨려야 하는데,
무거운 추가 달린 것처럼 말이야.
그리고 눈 좀 봐, 저 검은 눈…….

군악대장   우물 속이나 굴뚝 속을 들여다보는 것 같군.
          가자, 따라가 보자.
마리   저 불빛! 눈이 부셔.
보이첵   그래. 저 브랜디, 술통 좀 봐.
          눈에 불을 켠 것 같은 고양이가 한 마리 있네.
          묘한 기분이 드는 저녁이군.

(가설 공연장의 내부)

호객꾼   자, 너의 재주를 보여 봐라!
          너의 동물적인 이성을 보여 봐!
          인간 사회를 부끄럽게 만들어 버려!
          여러분, 여러분이 보고 계시는 이 동물은
          몸에 꼬리가 달려 있고 네 발로 서 있지만
          지식인 사회의 구성원입니다.
          우리 대학의 교수이지요.
          학생들에게 말 타는 방법과
          채찍질하는 방법을 가르칩니다.
          그 정도는 간단한 일이지요.
          자, 이제는 너의 이성을 발휘해 봐!
          특별히 머리를 써서 생각할 때는 어떻게 행동하지?

여기 모인 지식인들 중에 당나귀 같은 얼간이가 있느냐?

(말이 머리를 흔든다.)

방금 동물적인 이성을 보셨습니까?

이놈은 겉으로 드러나는 인상만 보고

속을 판단할 수 있는 인상학자입니다.

그렇습니다. 이 말은 어리석은 동물이 아닙니다.

사람입니다. 인간이지요. 동물 같은 인간입니다.

그렇지만 동물은 동물이지요.

(말이 제멋대로 움직인다.)

자, 지식인 사회를 부끄럽게 만들어 봐!

보고 계십니까? 이놈은 아직 자연 그대로의 상태입니다.

있는 그대로의 모습이지요.

이놈한테서 배우십시오.

의사에게 물어보는 것은 아주 안 좋습니다.

이런 말이 있지요.

'인간은 자연 그대로이다.

그대는 먼지, 모래, 오물로 만들어졌다.

그대는 먼지나 모래, 오물보다

더 나은 존재가 되고 싶은가?'

여러분, 이 이성적 존재를 보십시오.

계산을 할 수 있습니다.

　　　　　그렇지만 손가락으로 셀 줄은 모릅니다.
　　　　　왜 그럴까요?
　　　　　이놈은 자기 의사 표시를 할 줄 모르고
　　　　　설명을 하지 못합니다.
　　　　　이놈은 변신한 인간입니다.
　　　　　이 분들에게 지금 몇 시인지 말해 봐라.
　　　　　여러분, 누가 시계를 갖고 계십니까? 시계 말입니다.
부사관　　시계!
　　　　　(거드름을 피우며 시계를 주머니에서 꺼낸다.) 여기 있소.
마리　　　좀 봐야겠어요.
　　　　　(1등석으로 기어 올라간다. 부사관이 부축해 준다.)

제4장
방

(마리가 아이를 무릎에 안고 앉아 있다.
손에 작은 거울을 들고 있다.)

마리　(거울을 보면서) 이 보석은 정말 빛이 나는구나!
어떤 보석일까? 그가 뭐라고 말했었지?
자라, 아가야! 두 눈을 꼭 감아!
(아기가 두 손으로 눈을 가린다.)
더 꼭 감아.
그렇게 있어라. 조용히 있어.
안 그러면 귀신이 잡아간다.
(노래한다.)

아가씨, 창문을 닫아요.

집시 총각이 와서

아가씨 손을 잡아끌고

집시 나라로 데려간대요.

(다시 거울을 보면서) 이건 분명 금이야!

우리 같은 사람들은 세상의 한 귀퉁이에 살면서

가진 것이라곤 거울 한 조각뿐이야.

아, 그렇지, 나에게도 귀부인들 같은 빨간 입술은 있구나.

그런 여자들은 머리끝부터 발끝까지

몸 전체를 비춰 볼 수 있는 큰 거울을 갖고 있는데.

그리고 손에 키스해 주는 멋진 신사들과 어울려 놀지.

나는 정말 불쌍한 여자야.

(아기가 몸을 일으키려 한다.)

아가야, 가만히 있어.

눈 감아.

잠 귀신이 벽에 어른거린다.

(거울 빛을 벽에 반사시킨다.)

눈 감아, 안 감으면 저 귀신이 네 눈으로 들어가서

너는 장님이 되는 거야.

(보이첵이 마리의 뒤로 들어온다.

마리가 후다닥 손으로 귀를 가린다.)

보이첵　뭐야?

마리　아무것도 아니야.

보이첵　당신 손가락 사이로 뭔가 반짝이잖아.

마리　귀고리야. 주웠어.

보이첵　나는 아무것도 주운 적이 없는데.

　　　　귀고리 두 개를 한꺼번에 주웠다고?

마리　내가 이걸 훔친 나쁜 년이란 말이야?

보이첵　그만 됐어, 마리. 아기가 자는구나.

　　　　팔을 좀 편하게 해 주지. 의자에 눌려 있네.

　　　　이마에 땀방울 좀 봐. 세상 모든 것이 다 일이야.

　　　　잠을 자면서도 땀을 흘리다니.

　　　　우리는 가난한 사람들이야.

　　　　마리, 여기 돈, 월급 탔어.

　　　　대위님한테 조금 받은 것도 있어.

마리　고마워, 프란츠.

보이첵　나 가야 해. 오늘 저녁에 봐. 마리, 안녕.

마리　(혼자, 잠시 후) 내가 정말 나쁜 년이지.

　　　　칼로 찔러 죽이고 싶어.

　　　　아! 이놈의 세상! 사내고 계집이고 모두 지옥에나 가라!

제5장
대위와 보이첵

(의자에 대위가 앉아 있고, 보이첵이 그를 면도해 주고 있다.)

대위   천천히, 보이첵, 천천히. 차근차근.
나를 어지럽게 만드는군.
오늘 너무 일찍 끝내면 내가 그 남는 10분 동안에
뭘 하겠는가? 보이첵, 생각을 해보게.
자네는 아직 30년은 더 살아야 해, 30년!
360개월이라고. 날로 계산하면 어떻게 되지,
시간으로는, 분으로는 얼마야!
그 엄청난 시간으로 뭘 할 건가?
시간 분배를 잘 하게, 보이첵.

보이첵   예, 대위님.

대위	나는 영원이라는 것을 생각하면
	세상살이가 정말 걱정된다네.
	일, 보이첵, 일 말이야! 영원, 그건 영원하지.
	자네도 알잖아. 그건 영원해.
	그런데 그것이 지금은 또 영원하지 않아,
	그것은 순간이야, 그래 순간이라고.
	보이첵, 지구가 하루에 한 바퀴 돈다는 것을 생각하면
	소름이 끼쳐. 그건 시간 낭비야.
	그래서 뭐가 되겠는가?
	보이첵, 나는 물레방아가 돌아가는 것을 볼 수 없어.
	우울해진단 말이야.
보이첵	예, 대위님.
대위	보이첵 자네는 항상 허둥대는 것 같아.
	선량한 사람은 그러지 않는다네.
	양심 있는 착한 사람은 그렇게 허둥대지 않는다고.
	보이첵, 뭐라고 말 좀 해보게. 오늘 날씨는 어떤가?
보이첵	안 좋습니다, 대위님. 안 좋아요. 바람이 붑니다.
대위	나도 벌써 그렇게 느끼고 있네.
	바깥 공기가 빠르게 움직이는 것 같아.
	바람은 마치 쥐새끼 같은 느낌이 들어.
	(교활하게) 남북풍이 부는 것 같군.

보이첵	예, 대위님.
대위	하하! 남북풍! 하! 하! 하!
	자네 바보 같군. 정말 바보 같아.
	(감동해서) 보이첵 자네는 선량한 사람이야,
	정말 선량한 사람이야.
	그러나 (근엄하게) 보이첵, 자네는 도덕이 없어!
	도덕은 도덕적일 때 있는 것이지.
	이해하겠나? 도덕은 좋은 말이야.
	자네는 아이가 있지?
	교회의 축복도 받지 않은 아이가 있다면서?
	우리 존경하는 군목님께서 말씀하시더구만,
	교회의 축복을 받지 않았다고.
	내가 한 말은 아니네.
보이첵	대위님, 하나님께서는 그 불쌍한 것이
	태어나기 전에 축복이 있었는지 없었는지
	따져 가며 차별하지는 않을 것입니다.
	주님께서 말씀하셨지요.
	"어린이들을 나에게 오게 하라."
대위	자네 무슨 말을 하는 건가? 그 무슨 이상한 대답이야?
	자네 나를 혼란스럽게 하는구만.
	자네 말이야, 자네!

보이첵　　저희는 가난뱅이들입니다. 대위님.

돈이 문제지요, 돈이.

돈이 없으면 자기 새끼를

그런 식으로 낳을 수밖에 없습니다.

돈은 없어도 피와 살은 있으니까요.

우리 같은 것들은 이 세상에서나

저 세상에서나 불행합니다.

우리는 죽어서 하늘에 가면

천둥 치는 일이나 도울 것입니다.

대위　　보이첵 자네는 도덕이 없어.

도덕이 있는 사람이 아니야.

피와 살이라고?

비 오는 날 창가에 앉아 하얀 스타킹을 신고

골목을 뛰어가는 여자들을 보고 있으면

제기랄 보이첵, 욕정이 치밀어 오른다네.

나도 피와 살이 있는 인간이거든.

그런데 보이첵, 도덕 말이야, 도덕이 중요하다고!

그럴 때 내가 어떻게 그 순간을 넘기는지 아나?

나는 항상 나 자신에게 말한다네.

너는 도덕이 있는 인간이다.

(감동적으로) 너는 선량한 인간이다. 선량한 인간이다.

보이첵	예, 대위님. 도덕 말씀이시군요!
	저는 아직 도덕을 가질 형편이 못 됩니다.
	저희들처럼 천한 것들에게는 도덕이 없습니다.
	본능이 있을 뿐이지요.
	제가 만약 신사라면, 모자를 쓰고, 시계도 차고,
	그리고 코트도 입고, 점잖게 말도 할 줄 안다면,
	저도 틀림없이 도덕적이 될 것입니다.
	도덕은 참 좋은 것입니다.
	대위님, 그런데 저는 가난뱅이일 뿐입니다.
대위	됐네, 보이첵.
	자네는 선량한 사람이야. 선량한 사람.
	그렇지만 자네는 생각이 너무 많아.
	생각을 너무 많이 하면 사람이 지치게 되지.
	자네는 항상 허둥대는 것처럼 보여.
	이런 대화는 정말 피곤하군.
	이제 가보게. 그렇게 뛰지 말고.
	천천히, 아주 천천히 길을 따라가게.

제6장
방

(마리와 군악대장)

군악대장   마리!

마리   (그를 보면서, 감정이 담긴 목소리로) 앞으로 한번 걸어 봐요! 황소 같은 가슴, 사자 같은 수염, 이런 남자는 없을 거야. 당신을 모든 여자들한테 자랑하고 싶어요.

군악대장   내가 일요일에 커다란 깃털 장식이 달린 모자를 쓰고 하얀 장갑을 끼면 대단하지! 마리, 왕자님이 항상 말해.
"우와, 자네 진짜 남자답군."

마리   (놀리듯이) 아, 그래요!
(그의 앞으로 다가선다.) 남자란!

군악대장   당신도 여자로구만. 하하!
          우리 한판 놀아볼까? 응? (그녀를 껴안는다.)
마리   (기분이 상해서) 놔요!
군악대장   야생마로군.
마리   (격렬하게) 나를 건드리기만 해봐!
군악대장   눈빛이 악마 같아!
마리   상관없어요. 세상이 다 그렇죠 뭐.

제7장
골목

(마리와 보이첵)

보이첵 (마리를 응시하며 고개를 설레설레 흔든다.)
 흠! 아무것도 보이지 않아.
 아무것도 볼 수 없어. 볼 수 있어야 하는데.
 두 손으로 꽉 잡을 수 있어야 하는데.
마리 (무서워하면서) 무슨 일인데, 프란츠?
 당신 제정신이 아닌 것 같아.
보이첵 죄악이 이렇게 두텁고 넓구만.
 악취가 심해서 천사가 하늘로 도망가 버리겠어.
 당신은 빨간 입술을 가졌지, 마리.
 입술에 물집은 안 생겼어?

안녕, 마리. 당신은 죄악처럼 아름다워.

죽음에 이르는 죄악이 그토록 아름다울까?

마리   프란츠, 당신 너무 흥분했어.

보이첵   닥쳐! 그놈이 여기 서 있었지? 이렇게? 이렇게?

마리   하루는 길고 세상은 오래되었어.

많은 사람들이 같은 자리에 서 있을 수 있는 것이지.

한 명씩, 한 명씩 차례로 말이야.

보이첵   내가 그놈을 봤어.

마리   두 눈이 있고 장님이 아니고,

햇빛이 있으면 많은 것을 볼 수 있는 거잖아.

보이첵   이 두 눈으로 봤다고!

마리   (뻔뻔하게) 그래서 어쩌라고.

― 제8장 ―
의사의 집

(보이첵과 의사)

의사   내가 보았네, 보이첵.
           남자가 자기가 한 말을 지켜야지.

보이첵   의사 선생님, 무슨 말씀이세요?

의사   내가 봤어, 자네가 길에서 오줌을 싸는 것 말이야.
           담벼락에 대고 개처럼 오줌을 싸더구만.
           그래도 날마다 2센트를 받아?
           보이첵, 그러면 안 되지.
           세상이 더러워져, 아주 더러워진다고.

보이첵   그렇지만, 의사 선생님, 생리 현상을 어쩌겠습니까.

의사   생리 현상, 생리 현상이라고?

내가 증명하지 않았나.

방광 괄약근은 의지의 지배를 받는다고 말이야.

생리적 현상! 보이첵, 인간은 자유롭네.

자유를 구현하는 인격체가 인간이란 말일세.

소변을 참지 못하다니!

(고개를 흔들며 뒷짐을 지고 왔다갔다 한다.)

자네 완두콩은 먹었나, 보이첵?

학계에 혁명이 일어날 거야.

내가 학계를 발칵 뒤집어 놓겠어.

요소 0.10, 염화암모늄, 과산화물.

보이첵, 자네 또 소변이 마렵지 않은가?

들어가서 한 번 더 누어 보게.

보이첵 나올 것 같지 않은데요. 의사 선생님.

의사 (감정적으로) 벽에다는 누면서!

서류상으로 계약을 했지 않은가,

내 손에 계약서가 있네.

내가 이 두 눈으로 보았어.

내가 코를 창밖으로 내밀고

햇빛이 콧속으로 비치도록 했지.

재채기를 관찰하려고 말이야.

(보이첵에게 달려든다.)

아니야, 보이첵. 나는 화를 내는 것이 아니야.

화는 건강에 안 좋고 비과학적이야.

나는 차분해, 아주 차분해.

내 맥박은 평소처럼 60이고,

나는 자네에게 아주 침착하게 말하고 있네.

당치 않아, 인간에게 화를 낸다는 것은.

인간에게 말이야!

뒈질 놈의 변덕쟁이라면 모를까.

그렇지만 자네,

담벼락에다 오줌을 누면 안 되는 것이었네.

보이첵   의사 선생님, 가끔 이런 성격을 가진 사람도 있고,

저런 구조를 가진 사람도 있어요.

그렇지만 생리 현상은 좀 달라요.

(손가락을 꺾으며) 생리 현상이란…….

그거는, 어떻게 말씀 드려야 할까요, 예를 들면…….

의사   보이첵, 자네 또 궤변을 늘어놓으려는군.

보이첵   (은밀하게) 의사 선생님,

혹시 초자연적인 현상을 본 적이 있으십니까?

해가 중천에 떠 있고

온 세상이 불에 활활 타는 것 같을 때

무시무시한 목소리가 저에게 말을 겁니다.

의사	보이첵, 자네 착란 증세가 있구만.
보이첵	(손가락을 코에 대면서) 버섯들 말입니다, 의사 선생님. 그게 저기도 있어요. 땅에서 버섯들이 어떤 모양으로 자라고 있는지 보셨습니까? 누가 그걸 알 수만 있다면.
의사	보이첵, 자네의 국부적 착란 증세가 심각하네. 제2의 종족이야. 아주 특이하네. 보이첵, 자네에게 특별 수당을 주겠네. 제2의 종족, 정상적인 이성 상태에서 고착관념이라. 자네 모든 일을 평소처럼 하고 있겠지? 대위에게 면도도 해 주고?
보이첵	예, 물론이지요.
의사	완두콩도 먹지?
보이첵	항상 잘 먹고 있습니다. 의사 선생님. 급식비는 제 아내에게 주고요.
의사	근무도 잘하고 있고?
보이첵	물론입니다.
의사	자네는 흥미로운 사례야. 여보게, 보이첵, 자네에게 특별 수당을 주지. 잘해야 하네. 맥박 좀 보겠네. 그래.

――― 제9장 ―――
거리

(대위와 의사. 대위가 숨 가쁘게 길을 내려오다가
멈춰 서서 숨을 힐떡이며 주변을 둘러본다.)

대위   의사 선생님, 말들 때문에 걱정이 돼요.
그 불쌍한 짐승들이 걸어 다녀야만
한다는 것을 생각하면 말입니다.
의사 선생님, 그렇게 뛰어다니지 마세요.
지팡이를 그렇게 공중에 휘젓지도 마시고요.
선생님은 서둘러서 죽음의 뒤를 따르는 것 같아요.
양심이 있는 선량한 사람은 그렇게 빨리 걷지 않는답니다.
선량한 사람 말입니다.
(의사의 옷자락을 붙잡으며)

　　　　선생님, 제가 사람 목숨 하나 구하는 거예요.

　　　　그렇게 뛰다가는……. 의사 선생님, 저는 아주 우울해요.

　　　　뭔가에 홀린 것 같아요.

　　　　벽에 걸린 제 옷을 볼 때마다 항상 울어요.

　　　　저기 걸려 있군요.

의사　흠! 부어있고 비곗살도 많고 목도 굵고,

　　　　뇌졸중 체질이군요.

　　　　대위님은 뇌졸중에 걸릴 가능성이 있습니다.

　　　　아마도 몸 한쪽 부위에만 증세가 나타날 것입니다.

　　　　그러면 반신불수가 되겠지요.

　　　　정신적으로 마비가 올 수도 있습니다.

　　　　그러면 식물인간으로 지내는 것이지요.

　　　　앞으로 4주 정도면 그런 증세가 나타날 것입니다.

　　　　그리고 확실하게 말씀드리는데,

　　　　대위님은 아주 흥미로운 케이스들 중의 하나입니다.

　　　　혹시 대위님의 혀가 부분적으로 마비된다면

　　　　우리는 불멸의 실험을 할 것입니다.

대위　의사 선생님, 저를 놀라게 하지 마십시오.

　　　　놀라서 죽은 사람들,

　　　　단순히 놀라서 죽은 사람들도 있단 말입니다.

　　　　조문을 가는 사람들이 벌써 보입니다.

그 사람들은 이렇게 말할 것입니다.

"고인은 선량한 사람이었다. 고인은 선량한 사람이었다."

이런 젠장, 저승사자 같으니라고.

의사 (모자를 내밀면서) 대위님, 이것이 무엇이지요?

이것은 골 빈 머리입니다!

대위 (주름을 하나 만들면서) 의사 선생님, 이것이 무엇이지요?

이것은 단순 무식입니다.

의사 이만 가보겠소. 존경하는 훈련대장 나리.

대위 나도 이만 가겠소. 저승사자 나리.

(보이첵이 달려온다.)

대위 어이, 보이첵. 왜 그렇게 헐레벌떡 달려가나?

잠시 멈추게, 보이첵.

자네는 마치 열어젖힌 면도칼처럼

세상을 가르면서 달리는군.

자네한테 베이겠네.

자네는 마치 고자들 1개 연대 병력을

면도하러 가는 것 같군.

제 명에 죽기 전에 마지막 털 한 오라기에 매달려

교수형에라도 처해지는 것처럼 말이야.

| | 그런데 그 긴 수염은, 내가 무슨 말을 하려고 했더라?
| | 보이첵, 그 긴 수염 말이야…….
| 의사 | 턱 밑의 긴 수염이라, 플리니우스가 말했지,
| | 군인은 수염을 깎아야 한다고. 그런데 자넨, 자네는…….
| 대위 | (계속해서 말한다.) 응? 그 긴 수염 말이야.
| | 어때 보이첵, 자네 집 국그릇에 수염 없던가?
| | 에이, 자네 내 말 이해하겠지.
| | 사람의 털 말이야, 부사관의 수염,
| | 군악대장의 수염 털 말이야.
| | 어때 보이첵, 그러나 자네 부인은 정숙하지.
| | 자네는 다른 남자들과 다르고.
| 보이첵 | 예, 그렇습니다.
| | 그런데 대위님, 무슨 말씀을 하시려는 것입니까?
| 대위 | 이 사람, 표정 좀 보게나! 국에 털은 없을 거야.
| | 그러나 자네가 서둘러서 모퉁이를 돌아가면
| | 두 입술이 하나로 포개져 있는 것을 발견하게 될지도 몰라.
| | 두 입술이 말이야, 보이첵. 나도 욕정을 느꼈다네.
| | 보이첵, 이 사람아, 자네 얼굴이 창백해졌군.
| 보이첵 | 대위님, 저는 가난한 놈입니다.
| | 세상에 가진 것이라곤 아내밖에 아무것도 없습니다.
| | 대위님, 대위님이 농담을 하신다면…….

대위	내가 농담을 한다고? 내가 자네한테 농담을 한다고?
	이 사람이!
의사	맥박을 재보세, 보이첵, 맥박을.
	약, 강, 쿵쿵 뛰는구만, 불규칙적이야.
보이첵	대위님, 땅이 지옥처럼 뜨겁지만,
	저에게는 얼음처럼 차갑습니다, 얼음처럼요!
	지옥은 차갑겠군요, 우리 내기할까요.
	있을 수 없는 일이에요. 인간이 말입니다!
	인간이! 그럴 리가.
대위	이것 봐! 자네 총 맞고 싶나? 머리에 총 맞고 싶어?
	자네 그 눈이 나를 그냥 잡아먹을 것 같군.
	나는 자네를 위해서 해준 말이야.
	자네는 선량한 사람이니까, 보이첵, 선량한 사람이니까.
의사	안면근육 경직, 긴장, 가끔 경련을 일으키는군.
	뻣뻣한 자세에 긴장되어 있어.
보이첵	저는 가겠습니다! 충분히 가능성이 있는 일입니다.
	인간이! 충분히 그럴 수 있어요.
	좋은 날씨입니다.
	대위님, 저 아름답고 든든하게 넓은 하늘을 보십시오.
	하늘에 갈고리를 던져서 목이라도 매고 싶군요.
	긍정과 긍정, 그리고 긍정과 부정 사이의 생각 때문이지요.

　　　　대위님, 긍정일까요, 부정일까요?
　　　　부정이 긍정에게 잘못한 것입니까,
　　　　긍정이 부정에게 잘못한 것입니까?
　　　　거기에 대해서 깊이 생각해 봐야겠습니다.
　　　　(큰 걸음으로 퇴장, 처음에는 천천히, 점점 더 빨리)
의사　(보이첵을 급히 따라가며) 특이한 증세야,
　　　　보이첵, 이것 특별 수당이네.
대위　저 사람들을 만나면 정말 어지럽단 말이야.
　　　　얼마나 바삐 서두르는지,
　　　　저 키다리 녀석은 성큼성큼 걷는 것이
　　　　마치 거미 다리의 그림자가 달리는 듯하고,
　　　　저 땅딸보 저 녀석은 느릿느릿.
　　　　키다리는 번개고 땅딸보는 천둥이구만.
　　　　하하. 뒤따라가는 것 좀 봐.
　　　　기이하구만, 기이해!

제10장
위병소

(보이첵과 안드레스)

안드레스 (노래한다.)

주인 여자는 착한 하녀를 두었네
그 하녀 밤낮으로 정원에 앉아 있네,
주인집 정원에 앉아 있네…….

보이첵 안드레스!
안드레스 응?
보이첵 좋은 날씨야.
안드레스 일요일, 해의 날, 햇빛 나는 날씨로구만.

야외에서는 음악 소리.

조금 전에 여자들이 놀러 나가더군.

땀깨나 흘리겠지만, 좋지 뭐.

보이첵 (불안하게) 춤추겠지, 안드레스, 그 여자들 춤추겠지.

안드레스 뢰셀이나 슈테르넨 같은 술집에서 춤을 추겠지.

보이첵 춤, 춤.

안드레스 나야 뭐 상관없지. (노래한다.)

그 하녀는 주인집 정원에 앉아 있네.

시계의 종이 12시를 알릴 때까지,

그리고 군이~인들만 쳐다본다네.

보이첵 안드레스, 나 마음이 놓이지 않아.

안드레스 바보 같으니라고!

보이첵 가봐야겠어. 눈앞이 빙빙 돌아. 춤, 춤.

얼마나 뜨겁게 손을 맞잡고 있을까.

미치겠네. 안드레스!

안드레스 뭘 어쩌려고 그래?

보이첵 가봐야지.

안드레스 그놈의 마누라 때문에.

보이첵 가겠어. 여기는 너무 더워.

제11장
술집

(창문이 열려 있고 사람들이 춤을 춘다.
술집 앞에는 벤치 몇 개와 청년들이 있다.)

견습공1 나는 셔츠를 입었는데, 그것은 내 것이 아니라네,
        내 영혼에서는 썩은 술 냄새가 나네…….
견습공2 이봐, 내가 자네를 위하는 우정의 마음으로
        한 대 때려줄까? 정신 차려!
        정말 한 대 때려 주고 싶어.
        자네도 알지, 나는 친구로서 자네의 그런 헛생각들을
        몽땅 때려눕히고 싶네.
견습공1 내 영혼에서는, 내 영혼에서는 썩은 술 냄새가 나.
        돈도 썩잖아.

날 잊지 말아요! 세상은 어쩌면 이렇게도 아름다울까.
어이, 나는 빗물통이 내 눈물로 가득 차도록 울어야겠어.
우리 코가 두 개의 병이라면 좋겠어.
그러면 우리는 서로 목에다가 술을 부을 수 있을 텐데.

청년들　　(합창으로)

　　　　　팔츠에서 온 사냥꾼,
　　　　　언젠가 말을 타고 푸른 숲으로 갔지.
　　　　　이야, 우와, 사냥은 정말 재밌구나
　　　　　바로 여기 푸른 들판에서.
　　　　　사냥은 나의 기쁨이라네.

　　　　　(보이첵이 창가에 다가선다. 그를 보지 못하고
　　　　　마리와 군악대장이 춤을 추며 지나간다.)

마리　　　(춤추며 지나가면서) 계속해요, 계속.
보이첵　　(감정을 억누르며) 계속해요! 계속!
　　　　　(거칠게 화를 내더니 돌아와 벤치에 주저앉는다.)
　　　　　계속 하라고, 계속해 봐,
　　　　　(손깍지를 끼면서) 한 바퀴 빙 돌아봐라, 뒹굴어 봐라.
　　　　　왜 하나님은 해를 불어서 꺼버리지 않는 것일까.

모든 것이 음탕하게 포개져서 뒹구는데, 사내와 계집이,
인간이든 짐승이든. 벌건 대낮에 그짓을 하는구나.
손바닥 보이듯 훤히 보이는 곳에서, 모기들처럼 말이야.
여자 저 여자 뜨거워졌어, 뜨거워! 계속해요, 계속.
(벌떡 일어나면서) 저놈! 저놈이 마리를 더듬고 있잖아.
내가 처음에 그랬던 것처럼 마리의 몸을 더듬고 있구나!

견습공 1 (테이블 위에서 설교한다.)

그런데 어떤 나그네가 시간의 물결에 기대어 서서
하나님의 지혜에 묻고 스스로 대답한다면 어떻게 될까요.
그는 물을 것입니다.
인간은 왜 존재하는가? 인간은 왜 존재하는가?
내 진정으로 여러분들에게 말하노니,
농부, 통 만드는 사람, 구두장이 그리고 의사는
무엇으로 먹고 살겠습니까,
하나님이 인간을 창조하지 않았더라면 말입니다.
하나님이 인간에게 수치심을 주지 않았으면
재단사는 무엇으로 먹고 살겠습니까.
그리고 군인에게 사람을 죽이고 싶은
욕구를 갖추어 주지 않았으면,
군인은 무엇을 해서 먹고 살겠습니까.
그러니 의심하지 마십시오.

그렇습니다. 인생은 사랑스럽고 아름답습니다.
그러나 세상의 모든 것은 허무합니다.
돈도 썩어 없어집니다.
친애하는 청중 여러분,
마지막으로 우리 모두 십자가에 오줌을 쌉시다.
유대인 한 놈이 죽도록 말입니다.

제12장
들판

보이첵   계속해요! 계속! 음악은 조용히!

(땅으로 몸을 굽히며)

응, 뭐라고, 너희들 뭐라고 말하는 거야?

더 크게, 더 크게 말해 봐!

찌르라고, 그년을 찌르라고? 그년을 찔러 죽이라고?

내가? 내가 그래야만 한다고?

여기서도 들리고, 바람도 그렇게 말하네?

항상 그 소리가 들려, 계속 들려, 찔러 죽여, 죽여.

제13장
밤

(안드레스와 보이첵이 한 침대에 있다.)

보이첵 (안드레스를 흔들어 깨우면서) 안드레스! 안드레스!
나는 잠을 잘 수 없어. 눈을 감으면 세상이 빙빙 돌아.
그리고 바이올린 소리가 들려, 계속해서, 계속해서.
그러고는 벽에서 말소리가 들려.
너는 아무것도 안 들려?

안드레스 그래, 그 여자 춤추게 내버려둬!
하나님 우리를 보살피소서, 아멘.
(다시 잠이 든다.)

보이첵 항상 이렇게 말하는 소리가 들려.
"찔러! 찔러!" 그리고 눈앞에 칼 같은 것이 어른거려.

안드레스 너, 술에다가 약 좀 타서 먹어야겠다.
그러면 열이 내릴 거야.

제14장
술집

(군악대장, 보이첵, 사람들)

군악대장 나는 사나이다!

(자기 가슴을 두드리면서) 나는 사나이라고.

어떤 놈이 뭘 바라는 거야?

술에 취하지 않은 점잖은 놈은 내 근처에도 오지 마.

그놈은 내가 코가 똥구멍에 박히도록 두들겨 패줄 거니까.

나는 말이야,

(보이첵에게) 거기 자네,

술 마셔, 사나이는 술을 마셔야 해.

세상이 술이라면 좋겠다, 술이라면.

보이첵 (휘파람을 분다.)

군악대장 어이, 내가 네 목에서 혓바닥을 뽑아서
         네 몸뚱이에 칭칭 감아야겠어?
         (둘이 엉켜 싸우는데 보이첵이 진다.)
         내가 네놈의 숨을 할망구 방귀만큼만 남게 해 줄까?
         그렇게 해 줘?
보이첵   (기진맥진하여 몸을 떨면서 벤치에 앉는다.)
군악대장 저놈은 이제 숨이 차서 헉헉거리겠지.
         (노래한다.)

         하, 브랜디는 내 인생,
         브랜디는 용기를 주지!

어떤 여자 저 남자 당할 짓을 했지.
다른 여자 피를 흘리네.
보이첵   한 명씩, 한 명씩 차례로.

제15장
잡화점

(보이첵과 유대인)

보이첵   권총은 너무 비싸군요.
유대인   자, 살 거예요, 안 살 거예요? 어쩔 겁니까?
보이첵   저 칼은 얼마요?
유대인   저 칼은 날이 아주 잘 서 있어요.
　　　　그걸로 손님 목을 따려는 겁니까? 자, 어떻게 할 거요?
　　　　다른 사람한테 그랬던 것처럼 손님한테도 싸게 드리지요.
　　　　싼 값으로 죽음을 맞이할 수 있게요.
　　　　그렇지만 공짜로는 안 됩니다.
　　　　어때요? 경제적으로 죽어야지요.
보이첵   빵 이상의 것을 자를 수 있겠구만.

유대인	2센트입니다.
보이첵	여기 있소!
	(퇴장)
유대인	여기 있소!
	마치 아무것도 아니라는 듯이 말하는구만.
	그래도 돈은 돈이야. 개자식아.

제16장
방

(마리와 바보 카알)

마리 (성경을 넘기면서) "그의 입에는 거짓이 없으며"
   주여! 주여! 저를 그렇게 보지 마세요.
   (성경을 계속 넘기면서) "바리새인들이 간음하다 잡힌
   여인을 그에게 데리고 와서 가운데 세웠다.
   그러나 예수는 말했다.
   '나는 그대에게도 죄를 묻지 않겠다.
   돌아가라, 그리고 이제부터 다시는 죄를 짓지 마라.'"
   (두 손을 모으면서) 주여! 주여! 저는 그럴 수 없습니다.
   주여, 제가 기도할 수 있도록 힘을 주세요.
   (아기가 달라붙는다.)

이 아기가 내 가슴을 찌르는구나.

카알! 햇볕을 쬐고 있구만.

카알 (누워서 혼잣말로 손가락에 대고 동화를 이야기한다.)

이분은 금관을 쓰고 있어, 임금님이지.

내일 내가 왕비님에게 아기를 데려다 드릴 거야.

선지 소시지가 말하네. "간 소시지야, 이리 와!"

(그가 아기를 받는다. 아기가 조용해진다.)

마리 프란츠가 안 오네. 어제도 안 오고, 오늘도 안 오고.

여긴 너무 더워. (창문을 연다.)

"그리고 들어와서 그의 발치에서 울었다.

그의 발을 눈물로 적시기 시작했다.

그리고 자기 머리털로 닦고 나서

발에 입 맞추고 향유를 부어 발라드렸다."

(가슴을 치면서) 다 소용없어! 주여, 주여!

제가 주님의 발에 향유를 바르고 싶습니다.

―― 제17장 ――
병영

(안드레스와 보이첵. 보이첵이 소지품을 뒤적이고 있다.)

보이첵   이 상의는, 안드레스, 근무복이 아니지,
너 입으려면 입어, 안드레스.
이 십자가는 누나 것인데, 반지도 그렇고.
그리고 성자 조각상이 하나 있어.
하트도 두 개 있는데 멋진 금색이야.
어머니의 성경 속에 있었는데,
여기 이렇게 써져 있구만.

고통은 모두 나의 응보이며,
고통은 나의 예배이다.

주님의 육신이 피 흘리고 상처 입었듯이
내 마음도 항상 그러하게 하소서.

내 어머니는 손에 햇빛이 비치기만 해도
그것을 느낄 수 있어. 그건 뭐 중요한 건 아니고.

안드레스 (멍하게, 모두를 향해서) 물론이지.
보이첵 (종이 한 장을 꺼내면서) 프리드리히 요한 프란츠 보이첵,
 군인, 보병, 2연대, 2대대, 4중대 소속, 성모영보 대축일에
 출생, 내 나이 오늘로 서른 살 7개월 12일.
안드레스 프란츠, 너 병원에 가 봐야겠다.
 이 친구 안됐구만, 술에 약을 타시 마셔.
 그러면 열이 내릴 거야.
보이첵 그래 안드레스.
 목수가 대팻밥을 모을 때는 아무도 몰라.
 누가 죽어서 그 위에 머리가 놓이게 될지.

─── 제18장 ───
의사의 집 마당

(아래에 대학생들이 있고, 의사는 다락방 창가에 있다.)

의사   여러분, 나는 지금 밧세바를 바라보는
다윗처럼 지붕에 있습니다.
그런데 눈에 보이는 것이라고는 여학생 기숙사 뜰에
빨래 말리려고 널어놓은 것밖에 없어요.
여러분, 우리는 지금 주체와 객체의 관계에 대한
중요한 질문에 봉착해 있습니다.
우리가 사물들 중에서 신성의 유기적인 자체 긍정이
아주 높은 관점에서 명백하게 드러나 있는 것 하나만
선택하고, 그것이 공간에 대해서, 지구에 대해서,
천체에 대해서 갖는 관계를 연구해 보면 어떻겠습니까.

여러분, 내가 이 고양이를 창밖으로 던진다면
이 존재는 지구 중력의 중심에 대해서
그리고 자기 본능에 대해서 어떤 행동을 취할까요?
어이, 보이첵, (소리를 지른다.) 보이첵!

보이첵   의사 선생님, 고양이가 물어요.

의사   저 녀석, 마치 자기 할머니를 껴안듯이
고양이를 다정하게 안고 있군.

보이첵   의사 선생님, 저, 몸이 떨려요.

의사   (아주 기쁘게) 그래, 그래, 좋아, 보이첵.
(손을 비비고, 고양이를 받는다.)
여러분, 내가 보고 있는 것은 토끼에 기생하는
신종 이입니다. 대단한 종이지요.
(확대경을 꺼내면서) 여러분,
(고양이가 도망간다.)
여러분, 동물은 학술적인 본능이 없습니다.
여러분, 여러분에게 대신에 다른 것을 보여주겠습니다.
보세요. 사람입니다.
이 사람은 3개월 전부터 완두콩 외에는
아무것도 안 먹고 있습니다.
그 효과가 어떤지 관찰해 보세요.
불규칙적인 맥박을 한번 짚어 보세요.

	그리고 여기 눈도 살펴보세요.
보이첵	의사 선생님, 앞이 깜깜해져요. (앉는다.)
의사	기운을 내! 보이첵, 며칠만 더 참으면 다 끝나.
	여러분, 만져 보세요. 만져 봐요.
	(대학생들이 보이첵의 관자놀이, 맥박 그리고 가슴을 만진다.)
	그리고 말이야, 보이첵, 귀를 한번 움직여 봐.
	내가 여러분에게 보여 주고 싶었습니다.
	이 사람은 두 개의 근육을 움직일 수 있어요.
	자, 어서 움직여 봐!
보이첵	아, 의사 선생님!
의사	이 녀석아, 내가 네 귀를 움직여야겠어?
	고양이처럼 귀를 움직여 보란 말이야!
	자, 여러분, 이것은 인간이 당나귀로 변하는
	과도기 현상입니다.
	여성적인 교육과 모친의 언어 때문에
	종종 나타나는 현상입니다.
	네 어머니가 너에게서 기념으로 머리카락을
	몇 개나 뽑았지? 애정의 표시로 말이야.
	며칠 사이에 머리숱이 아주 적어졌어.
	예, 여러분, 이것은 완두콩의 효과입니다.

제19장
거리

(마리가 소녀들과 함께 대문 앞에 있다.)

소녀들   햇빛 찬란한 성촉일에
곡식은 무르익어 한창이고
그들은 길을 따라 저쪽으로 갔다네
그들은 두 명씩, 두 명씩 갔다네
피리 부는 사람들은 앞에서
바이올린 켜는 사람들은 뒤를 따라서
그들은 빨간 양말을 신었다네…….

소녀1   이 노래 재미없어.
소녀2   너 또 뭘 원하는 거야!

소녀3 너 처음에 뭘 시작했었지?

소녀2 그건 왜?

소녀1 이유가 있어!

소녀2 그런데 무슨 이유인데?

소녀3 누가 노래 좀 불러 볼래?

   (묻듯이 빙 둘러보고는 소녀 1을 가리킨다.)

소녀1 나는 노래 못해.

소녀 모두 마리 아줌마, 노래 불러주세요.

마리 얘들아 이리 오너라!

   (노래한다.)

둥글게, 둥글게 장미 꽃다발을 만들자. 헤롯 왕이.

할머니, 이야기 해주세요.

할머니 옛날에 불쌍한 어린아이가 한 명 살았는데
   아빠도 엄마도 없었단다.
   모두 죽고 세상에는 아무도 없어서
   그 아이는 집을 나왔고, 밤낮으로 울었단다.
   이 세상에 아무도 없었기 때문에
   그 아이는 하늘나라로 가려고 했었지.
   그런데 달님이 아주 다정하게 자기를 보고 있다는

것을 알고는 달나라로 갔단다.

그랬는데 가서 보니 달님은 한 조각 썩은 나무토막이었어.

그래서 해님에게로 갔지.

그런데 가서 보니까 해님은 시든 해바라기였단다.

별나라에 갔더니 별나라는 작은 금빛 모기들이었어.

때까치가 모기들을 잡아서 나뭇가지에 꽂아 놓았던 거야.

그래서 다시 지구로 돌아왔는데

지구는 뒤집어진 항아리였단다.

그 어린아이는 완전히 혼자였기 때문에

주저앉아 엉엉 울었단다.

그 아이는 아직도 그렇게 혼자 앉아 있단다.

보이첵   마리!

마리   (놀라면서) 웬일이야?

보이첵   마리, 우리 가자. 시간이 되었어.

마리   어디로 가잔 말이야?

보이첵   낸들 알겠어?

제20장
저녁, 멀리 마을이 보인다

(마리와 보이첵)

마리　　저 멀리 마을이 보이네. 어두워졌어.
보이첵　당신 좀 더 있어야 돼. 이리 와, 앉아.
마리　　나 가야 돼.
보이첵　발이 아프도록 걷게 되지는 않을 거야.
마리　　당신은 여전하군요!
보이첵　얼마나 오래 되었는지 알아, 마리?
마리　　오순절이면 2년이지.
보이첵　앞으로 얼마나 더 오래 지속될지도 알아?
마리　　나 가봐야 돼. 저녁 식사 준비해야지.
보이첵　당신 추워? 그렇지만 몸은 따뜻하군.

당신 입술은 정말 뜨거워!

뜨거운, 뜨거운 창녀의 숨소리.

그렇지만 나는, 제기랄, 한 번 더 키스하고 싶어.

몸이 차가워지면 춥지는 않아.

당신은 아침 이슬을 맞아도 춥지 않을 거야.

마리   무슨 소리를 하는 거야?

보이첵   아무것도 아니야. (침묵)

마리   달이 붉게 떠오르네.

보이첵   피 묻은 낫 같군.

마리   무슨 생각을 하는 거야? 프란츠, 당신 얼굴이 창백해.

(보이첵이 칼을 꺼낸다.)

프란츠, 그러지 마! 맙소사, 사- 사람 살려!

보이첵   이것 받아라, 이것 받아!

너는 죽을 수 없다고? 자! 자!

하, 이게 아직도 움직여, 아직 안 죽었어?

아직 안 죽었어? 아직도 안 죽었어?

(계속 찌른다.) 죽었어? 죽어! 죽어!

(사람들이 오고, 보이첵은 도망간다.)

제21장
사람들이 온다

사람1　잠깐!

사람2　들려? 조용히 해봐! 저기!

사람1　우! 저기! 무슨 소리지?

사람2　물소리야, 물소리,
　　　　물에 사람이 빠져 죽은 것은 벌써 오래 전이야.
　　　　가세. 저 소리 듣기 안 좋군.

사람1　우! 또 소리 나는데. 사람이 죽어가는 것 같아.

사람2　으스스하구만. 안개가 꼈어, 온통 안개야.
　　　　눈앞이 뿌옇고, 딱정벌레 윙윙거리는 소리가
　　　　마치 깨진 종소리 같아. 그만 가세!

사람1　아니야, 너무 똑똑하게 들려, 너무 큰 소리야.
　　　　저기 위로 가보세.

제22장
술집

보이첵   모두 춤을 춰라.

계속해, 땀 흘리고, 악취를 풍기라고.

악마가 너희들을 모두 데려갈 거다.

(노래한다.)

주인 여자는 착한 하녀를 두었네,

그 하녀 밤낮으로 정원에 앉아 있네,

주인집 정원에 앉아 있네,

시계의 종이 12시를 알릴 때까지,

그리고 군인들만 쳐다본다네.

(춤춘다.)

자, 케테! 앉아! 덥다, 더워.

(상의를 벗는다.)

그런 것이지.

악마는 한 여자는 데려가고 다른 여자는 살려주는 거야.

케테, 너도 뜨겁구나!

왜 그래? 케테, 너도 차가워질 거야.

정신 차려. 노래 부를 수 없어?

케테   나는 슈바벤으로 가고 싶지 않아,

그리고 긴 옷은 입지 않아,

긴 옷과 뾰족한 구두는

하녀에게는 어울리지 않으니까.

보이첵   그래, 구두는 필요 없어.

구두 없이도 지옥에는 갈 수 있거든.

케테   (춤추며) 에이, 내 사랑, 그건 좋지 않아요.

돈은 집어넣고 혼자 자요.

보이첵   그래 정말이야! 나는 피를 묻히고 싶지 않아.

케테   근데 손이 왜 그래?

보이첵   내 손? 내 손?

케테   **빨갛잖아, 피야!** (사람들이 주변으로 몰려온다.)

보이첵	피? 피라고?
주인	우, 피다.
보이첵	베였나 보군. 오른손에.
주인	그런데 어떻게 팔꿈치에?
보이첵	내가 피를 닦았어.
주인	뭐라고? 오른손으로 오른쪽 팔꿈치에? 재주가 참 대단하네.
카알	그때 거인이 말했다. "냄새 난다, 냄새 난다, 사람 고기 냄새가 난다. 푸! 고약한 냄새가 난다."
보이첵	제기랄, 왜들 이러는 거요? 당신들하고 무슨 상관이오? 자리에들 앉아요! 안 그러면 누구 한 명, 젠장! 내가 누구를 죽이기라도 했다는 거요? 내가 살인자란 말이오? 뭘 쳐다봐! 당신들 자신이나 잘 살펴보시오! 비켜! (밖으로 달려 나간다.)

―― 제23장 ――
저녁, 멀리 마을이 보인다

(보이첵 혼자 있다.)

보이첵 칼, 칼이 어디 있지? 내가 여기 두었는데.
그게 발견되면 내가 범인이란 게 드러날 텐데!
가까이, 더 가까이 가보자.
여긴 왜 이렇지? 무슨 소리가 들리는데?
뭔가 움직여. 조용하구나.
이 근처야. 마리? 아, 마리?
조용해. 모든 것이 조용해.
당신 왜 그렇게 창백해, 마리? 목에 그 빨간 끈은 뭐야?
그 목걸이는 누구한테서 받은 거야?
죄의 대가로 받았어?

당신은 그래서 어두웠어, 검은색이었다고!

이제 내가 당신을 하얗게 만들어 준 거야.

그 검은 머리는 왜 그렇게 헝클어졌지?

당신 오늘은 머리를 땋지 않았어?

저기 뭔가 있군.

차갑고, 축축하고, 조용해.

여기를 떠나야겠어.

칼, 칼, 이것이 그 칼이지?

자! 사람들이 저기 오는구나.

(도망간다.)

제24장
연못의 보이첵

보이첵   자, 가라앉아라! (칼을 연못 속으로 던진다.)

컴컴한 물속으로 돌멩이처럼 잠기는구나.

달이 피 묻은 낫 같아.

온 세상이 이 사건에 대해서 말들을 하겠지?

아니야, 너무 앞쪽에 떨어졌어.

사람들이 수영을 하다가,

(연못 속으로 들어가 칼을 더 멀리 던진다.)

자, 이제 됐어. 그렇지만 여름에 조개를 잡으려고

물속에 들어가면 어쩌지, 괜찮아, 그때는 녹이 슬었겠지.

누가 그걸 알아보겠어? 두 동강을 내버릴 걸 그랬군.

아직도 나에게 피가 묻어 있나? 씻어야겠군.

여기 얼룩이 하나 있네, 여기 또 있네.

제25장

거리

(어린이들)

어린이1 가보자, 마리 아줌마가!

어린이2 무슨 일인데?

어린이1 너 모르고 있었니? 벌써 다들 저쪽으로 갔어.

저기 어떤 여자가 쓰러져 있대!

어린이2 어디?

어린이1 숲속 성벽 너머 왼쪽에, 빨간 십자가 옆에.

어린이2 빨리 가서 보자! 지금 안 가면 사람들이 치워버릴 거야.

제26장
법원 직원, 의사, 판사

법원직원 멋진 살인이군, 진짜 살인, 훌륭한 살인이야,

마치 살인 청부라도 받은 것처럼 훌륭해.

이런 살인은 정말 오랜만이군.

제27장
바보 카알, 어린이, 보이첵

카알   (아이를 무릎에 안고) 그 남자가 물에 빠졌다.

           그 남자가 물속에 빠졌어.

           그래, 그 남자가 물속에 빠졌다고.

보이첵   아가야, 크리스티안.

카알   (보이첵을 물끄러미 바라보면서) 그 남자가 물속에 빠졌어.

보이첵   (아이를 쓰다듬으려 하지만 아이는 고개를 돌리고 운다.)

           이런!

카알   그 남자가 물속에 빠졌다.

보이첵   크리스티안, 장난감 하나 사줄게.

           자, 자, (아이가 피한다. 카알을 향해서)

           아이에게 장난감 하나 사줘라.

카알   (보이첵을 물끄러미 바라본다.)

보이첵　달려라! 달려! 이랴!

카알　(환호성을 지르며) 달려라! 달려! 이랴!

(아이를 안고 달려 나간다.)

레옹스와 레나

알피에리*: 그럼 명예는?
고찌**: 그럼 배고픔은?

등장인물

페터(포포 왕국의 왕)
레옹스(페터의 아들)
레나(피피 왕국의 공주. 레옹스의 약혼녀)
발레리오
보모
가정교사
의전관
추밀원 의장
궁정목사
군수
교장
로제타
하인들, 추밀원, 고문들, 농부들

---

*   이탈리아 희곡 작가인 비토리오 알피에리(Vittorio Alfieri, 1749-1803)를 말한다.
** 이탈리아 희곡 작가인 카를로 고찌(Carlo Gozzi, 1720-1806)를 말한다.

1막

오 내가 광대라면!
알록달록한 윗도리가 탐나요.

– 셰익스피어의 희극 〈뜻대로 하세요〉

―― 제1장 ――

정원

(벤치에 반쯤 누운 자세의 레옹스와 가정교사)

레옹스   선생님, 나한테 뭘 원하세요?
        직무 수행을 할 준비를 하라는 건가요?
        난 할 일이 굉장히 많아요.
        너무 바빠서 어떻게 해야 할지 모르겠어요.
        보세요. 우선 여기 돌에다 삼백 예순 다섯 번 연달아
        침을 뱉어야 해요. 이거 아직 안 해보셨어요?
        해보세요, 아주 특별한 재미가 있어요.
        그 다음에는 여기 모래 한 줌 보이시죠?
        (모래를 쥐어 공중에 던졌다 다시 손등으로 받는다.)
        이제 공중으로 던집니다.

　　　　　내기할까요? 모래가 몇 알이나 손등에 있는지?

　　　　　홀수일까요, 짝수일까요?

　　　　　뭐라고요? 내기하지 않겠다고요?

　　　　　이방인이세요? 하나님을 믿으세요?

　　　　　나는 보통 나 자신과 내기를 하는데

　　　　　온종일 그렇게 할 수 있어요.

　　　　　나랑 내기할 사람을 구해 주신다면 정말 고맙겠어요.

　　　　　또 그 다음에는 내 머리 꼭대기를

　　　　　볼 수 있는지 생각해 봐야 해요.

　　　　　오, 누가 자기 머리 꼭대기를 볼 수가 있을까!

　　　　　그건 제 이상 중의 하나예요.

　　　　　그렇게 되면 나한테 정말 쓸모가 있을 텐데.

　　　　　그리고 또, 그리고 또, 이런 종류의 일이 끝도 없어요.

　　　　　나는 게으름뱅이인가요? 난 할 일이 없나요?

　　　　　그래요, 그건 슬픈 일이에요.

가정교사　정말 슬픈 일입니다, 왕자님.

레옹스　　벌써 3주 전부터 구름이 서쪽에서

　　　　　동쪽으로 이동하고 있어요.

　　　　　그게 나를 정말 우울하게 만들어요.

가정교사　지당하신 우울입니다.

레옹스　　나 참, 왜 반박하지 않으세요? 바쁘신 거죠, 그렇죠?

이렇게 오래 잡고 있어 미안하군요.

(가정교사가 깊은 절을 하고 물러난다.)

선생님, 절하실 때의 그 멋진 오다리 축하드립니다.

레옹스 (혼자. 벤치에서 몸을 쭉 뻗는다.)

벌들이 아주 나른하게 꽃에 앉아 있구나.

햇빛이 아주 늘어지게 땅바닥에 누워 있어.

엄청난 게으름으로 가득하군.

게으름은 모든 악덕의 시초야.

인간들은 지루함 때문에 모든 것을 행하잖아!

지루해서 공부하고, 지루해서 기도하고,

지루해서 사랑하고, 결혼하고, 자식을 낳고

그리고 결국에는 지루해서 죽지.

그리고 우스운 얘기지만

그 모든 것을 아주 진지한 얼굴로 하고 있어.

왜 그런지 알지도 못하면서 말이야.

그러면서 하나님만 그걸 아신다고 생각하지.

이 모든 영웅, 천재, 천치, 성자, 죄인, 가장들은

본래 교활한 게으름뱅이에 불과해.

하필이면 왜 지금 이 사실을 알게 되었을까?

왜 나는 잘나지 못해서, 저 불쌍한 인형에게

연미복을 입혀 주고 손에 우산을 들려 줄 수 없을까?

그것이 아주 올바르고, 아주 유용하고
또 아주 도덕적이 될 수 있게끔 말이야.
조금 전 내 곁을 떠나간 저 남자, 난 저 사람이 부러워,
부러워서 실컷 두들겨 패고 싶어.
오 한 번이라도 다른 사람이 될 수 있다면!
단 1분만이라도!

(발레리오가 반쯤 취한 채 뛰어온다.)

레옹스 저 사람 뛰는 것 좀 봐!
 태양 아래 나를 저렇게 뛰게 만들 만한
 일이 있으면 좋겠네.
발레리오 (왕자 바로 앞에 바짝 다가와서는 손가락을
 코에 대고 왕자를 똑바로 쳐다본다.)
 그렇습니다!
레옹스 (똑같이 행동하며) 맞아!
발레리오 무슨 뜻인지 이해하셨나요?
레옹스 완벽하게!
발레리오 그럼, 우리 화제를 바꿔보죠.
 (풀밭에 눕는다.) 저는 이제 풀밭에 누워,
 풀줄기 틈새로 제 코를 꽃 피워,

| | 낭만적인 감각을 느껴 볼 겁니다.
| | 벌과 나비들이 장미 위에 내려앉듯이
| | 제 코 위에 앉으면요.
| 레옹스 | 그러면 이봐, 숨을 그렇게 거칠게 쉬지 마.
| | 안 그러면 자네가 꽃들에게서 빨아들인 엄청난
| | 노획물 때문에 벌과 나비들이 굶어 죽을지도 몰라.
| 발레리오 | 아, 왕자님, 이 자연이 얼마나 아름답습니까!
| | 풀들이 얼마나 아름다운지,
| | 황소가 되고 싶은 심정이에요.
| | 이 풀을 먹을 수 있게 말입니다.
| | 그리고 나서는 다시 사람이 되고 싶어요.
| | 이 아름다운 풀을 먹은 황소를 먹을 수 있게요.
| 레옹스 | 불쌍한 사람, 자네도 이상에 빠져 고생하는 것 같군.
| 발레리오 | 정말 안타깝습니다. 목을 부러뜨리지 않고는
| | 교회 탑에서 뛰어내릴 수 없단 말입니다.
| | 배가 아프지 않고는 체리 2킬로그램 정도를 씨앗째
| | 먹을 수도 없고요. 아시겠어요, 왕자님?
| | 저는 구석에 앉아 저녁부터 아침까지
| | "아, 저기 벽에 파리가 앉아 있네! 벽에 앉은 파리!
| | 벽에 앉은 파리!" 뭐 이렇게 죽을 때까지
| | 노래나 불렀으면 좋겠어요.

레옹스	노래 그만해, 듣고 있으면 바보 될 것 같아.
발레리오	정말 그런 뭐라도 되었으면 좋겠습니다.

바보 말입니다! 바보!

누구 자신의 어리석음을 제 이성과

맞바꾸고 싶은 사람 없을까요?

흠, 나는 알렉산더 대왕이다!

태양이 황금의 관을 내 머리카락에 비치고,

나의 제복을 빛나게 하도다!

메뚜기 총통, 병력을 집결시키시오!

거미 재무장관, 돈이 필요하오!

잠자리 상궁, 나의 정숙한 왕비 콩 지지대는 뭘 하고 있소?

아 친애하는 풍뎅이 의사,

내게는 왕위를 물려줄 왕자가 없다오.

이런 멋진 상상의 대가로 맛있는 수프와 맛있는 고기,

맛있는 빵, 좋은 잠자리를 얻고 머리도 공짜로 깎지요.

물론 정신병원에서 말입니다.

반면에 건강한 이성을 가진 저는 기껏해야

벚나무 열매가 잘 익도록 그 위로 기어 올라가는

품을 팔 수 있을 겁니다. 그래서…….

레옹스	그래서 자네 바지에 난 구멍 때문에
	버찌들이 창피해서 얼굴을 붉게 물들이도록 말이지!

하지만 이봐, 자네의 수공업, 자네의 직업, 생업,
자네의 지위와 예술은 어쩔 건데?

발레리오 (기품 있게) 왕자님, 저는 게으름을 피울 일이 엄청나게
많습니다. 저는 무위도식에는 비상한 능력이 있고요,
게으름 피우는 데는 굉장한 끈기가 있습니다.
못이 박혀 손이 흉하지도 않고, 아직 그 어떤 땅도
제 이마에서 떨어진 땀방울을 마셔본 적이 없습니다.
일에 있어서는 아직 숫처녀지요.
그리고 제게 너무 수고로운 일만 아니라면,
이런 업적에 대해 왕자님께 보다
소상히 아뢸 수고를 감수하겠습니다만.

레옹스 (이상하게 감동하며) 이리 와서 내 품에 안겨!
자네는 깨끗한 이마를 하고 땀과 먼지를 지나
인생의 대로를 힘들이지 않고 거닐며,
번쩍이는 발바닥과 꽃이 피어나는 육체를 갖고
성스러운 신들처럼 올림퍼스에 들어서는
제신들 중의 하나인가? 이리 와! 이리 오라고!

발레리오 (노래하며 퇴장)
아, 저기 벽에 파리가 앉아 있네!
벽에 앉은 파리! 벽에 앉은 파리!
(둘이 팔짱을 끼고 퇴장)

―•❖• 제2장 •❖•―

방

(시종 두 명이 페터 왕에게 옷을 입혀주고 있다.)

페터 (옷시중을 받으며) 사람은 생각해야 돼.
 그리고 나는 내 신하들 대신에 생각해야만 하지.
 그들은 생각을 안 하기 때문이야, 생각을 안 해.
 실체는 자체적인 것이고, 그 자체는 나다.
 (거의 벌거벗은 채 방 안을 이리저리 돌아다닌다.)
 알겠나? 자체는 자체야, 자네들 이해했나?
 이제 나의 부수적인 것들과 개념 규정,
 호의와 우연성이 첨가될 거야.
 내 셔츠와 바지는 어디 있나?
 잠깐, 이런, 여기 앞에 자유의지가 완전히 열려 있네.

도덕은 어디 있지? 커프스는 어디 갔나?

범주들이 아주 엉망진창이 되었군.

단추가 두 개나 더 채워졌어.

담뱃갑이 오른쪽 주머니에 들어 있잖아.

내 모든 체계가 망가졌어.

어, 손수건에 있는 단추는 뭘 의미하는 거지?

젠장, 이 단추가 무슨 뜻이냐고?

내가 뭘 생각하려 했지?

시종 1 폐하께서는 황공하옵게도 이 단추를 손수건에 끼우시려다가, 폐하께서는…….

페터 그래서?

시종 1 뭔가를 생각하려 하셨습니다.

페터 대답이 뒤죽박죽이구나!

원 참! 그래 무엇을 생각하려 했다는 건가?

시종 2 폐하께서는 황공하옵게도 이 단추를 손수건에 끼우시다가, 뭔가를 생각하려 하셨습니다.

페터 (이리저리 거닌다.) 뭐, 뭐라고?

이 사람들이 나를 혼란스럽게 만드는구나,

정말 머리가 뒤죽박죽이야.

더 이상 어째야 할지 모르겠군.

(하인 한 명이 등장한다)

하인   폐하, 추밀원 고문들이 모두 모였습니다.

페터   (기뻐하며) 그래, 그거야, 그거라고!

        내 백성을 생각하려고 했어!

        이리들 오시오! 줄을 맞추어 걸어가시오.

        너무 덥지 않소? 손수건을 꺼내 얼굴을 닦으시오.

        난 사람들 앞에서 얘기를 해야 하면

        늘 이렇게 당황한단 말이야.

        (모두 퇴장)

(페터 왕과 추밀원 고문들)

페터   친애하는 대신들이여,

        나는 이제 그대들에게 확실히 알리고자,

        확실히 알리고자 하오.

        내 아들이 결혼을 하느냐 안 하느냐가 문제이기 때문이오.

        (손가락을 코에 댄다.) 하느냐 안 하느냐.

        그대들 내 말 알아듣겠소? 제3의 선택은 없소.

        인간은 생각해야만 하오.

        (잠시 생각에 잠긴 채 서 있다.)

        난 이렇게 큰 소리로 말하면,

        그럼 대체 이게 누구인지 모르겠단 말이야.

나인가 아니면 다른 사람인가.

이 점이 나를 두렵게 하지.

(한참 생각한 뒤에) 나는 나야.

의장, 그대는 이것에 대해 어떻게 생각하오?

의장 (위엄 있게 천천히) 폐하, 어쩌면 그럴 것도 같고,

어쩌면 그렇지 않을 것 같기도 합니다.

추밀원 고문들   예, 어쩌면 그럴 것도 같고,

어쩌면 그렇지 않을 것 같기도 합니다.

페터 (감격해서) 오 현명한 그대들이여!

그런데 주제가 뭐였더라?

내가 뭐에 대해 말하려고 했소?

의장, 이런 엄숙한 때에 그대는 어찌 그리

기억력이 나쁘단 말이오? 회의를 마치겠소.

(점잔을 빼며 퇴장. 추밀원 고문들 모두 그를 따른다.)

제3장
멋지게 꾸며진 홀,
촛불이 타고 있다

(레옹스와 몇몇 하인들)

레옹스 덧문들은 다 닫혀 있지?
촛불을 켜라! 낮이여 사라져라!
나는 밤을 원하노라, 깊고 감미로운 밤을.
수정으로 된 둥근 갓의 등불들은 협죽도 사이에 놓아라.
잎의 속눈썹 아래에서 소녀의 눈처럼 빛을 내며 꿈꾸도록.
장미꽃을 좀 더 가까이 옮겨 놓아라.
포도주가 이슬방울처럼 꽃받침 위로 부어지도록 말이야.
음악! 바이올린은 어디 갔지? 로제타는 어디 있어?
나가라! 모두 나가!

(하인들 퇴장한다. 레옹스는 소파에 몸을 쭉 뻗고 눕는다.
로제타가 우아하게 차려입고 등장한다.
멀리서 음악소리 들린다.)

로제타   (애교를 부리며 다가온다.) 레옹스!
레옹스   로제타!
로제타   레옹스!
레옹스   로제타!
로제타   입술에 활기가 없군요. 키스 때문인가요?
레옹스   하품 때문이야.
로제타   아!
레옹스   아, 로제타, 나는 대단한 일을 해야 해…….
로제타   뭔데요?
레옹스   아무것도 하지 않는 것…….
로제타   사랑하는 것 외에 말인가요?
레옹스   아니, 일 말이야!
로제타   (모욕당한 듯) 레옹스!
레옹스   아니면 작업이라 할까.
로제타   아니면 게으름이요.
레옹스   늘 그렇듯 당신 말이 맞아. 당신은 영리한 아가씨야.
           난 당신의 총명함을 높이 평가해.

로제타	그럼 당신은 지루해서 나를 사랑하는 건가요?
레옹스	아니, 당신을 사랑하기 때문에 지루한 거지.
	하지만 난 당신을 사랑하듯 내 지루함도 사랑해.
	당신과 게으름은 하나지.
	오, 달콤한 무위도식이여!
	나는 당신의 눈을 꿈꿔.
	마치 신비롭고 깊은 샘을 들여다보는 것 같아.
	당신의 애무는 나를 잠재우지. 마치 파도 소리처럼.
	(로제타를 안는다.) 이리 와, 사랑스러운 지루함이여,
	당신의 키스는 육욕적인 하품이고,
	당신의 걸음걸이는 두 개의 모음이
	우아하게 겹치는 것 같아.
로제타	나를 사랑하죠, 레옹스?
레옹스	아, 물론.
로제타	영원히?
레옹스	영원이라, 그건 긴 단어야.
	내가 앞으로 5천 년하고 7개월을 더 사랑한다면
	충분하겠어? 그건 영원보다는 훨씬 짧지만,
	그래도 상당히 긴 시간이야.
	우리는 서두르지 않고 서로 사랑할 시간을 가질 수 있어.
로제타	아니면 시간이 우리한테서 사랑을 빼앗아갈 수도 있죠.

레옹스   아니면 사랑이 우리한테서 시간을 빼앗아갈 수도 있고.
춤춰, 로제타, 춤을 춰.
당신의 귀여운 발의 박자에 맞춰 시간이 가도록 말이야.
로제타   내 발들은 오히려 시간을 벗어나려 하는 걸요.
(춤을 추며 노래한다.)

오 나의 지친 발들,
알록달록 신 신고 춤춰야 하네,

차라리 깊고 깊은
땅속에서 쉬고 싶겠지.

오 나의 뜨거운 두 뺨,
거친 애무 속에서 달아올라야 하네,
차라리 활짝 피어나고 싶겠지
하얀 장미 두 송이로.

오 나의 가여운 눈,
어른거리는 촛불 속에서 빛나야 하네,
차라리 푹 자고 싶겠지
고통에서 벗어나 어둠 속에서.

레옹스	(그러는 동안 꿈꾸듯 혼자 중얼거린다.)
	아, 죽어가는 사랑이 피어나는 사랑보다 아름답구나.
	나는 로마인, 근사한 식사에서 후식으로 먹을
	황금 물고기들이 창백하게 빛나는구나.
	볼에서는 붉은 기운이 사라지고,
	눈은 조용히 빛을 잃어가고,
	움직임도 서서히 사그라지는구나!
	안녕, 안녕, 내 사랑, 내 그대의 시신을 사랑하리라.
	(로제타가 다시 다가온다.)
	눈물을 흘리네, 로제타?
	울 줄도 아는 섬세한 향락주의자로구나.
	햇빛이 비치는 곳으로 가서 서 봐.
	그 귀한 눈물이 굳어서 멋진 다이아몬드가 될 거야.
	그것으로 목걸이를 만들어 가져도 되겠다.
로제타	그래요, 다이아몬드. 그 빛이 눈을 찌르는 것 같군요.
	아 레옹스! (레옹스를 안으려 한다.)
레옹스	조심해! 내 머리! 우리 사랑을 이 속에 묻었단 말이야.
	내 눈의 창문으로 들여다봐.
	보이지, 그 불쌍한 것이 얼마나 멋지게 죽어 있는지?
	두 뺨에는 흰 장미 두 송이,
	가슴에는 붉은 장미 두 송이 놓인 게 보여?

날 밀치지 마. 우리 사랑의 팔이 부러져.

그렇게 되면 곤란해.

난 내 머리를 두 어깨 위에 꼿꼿이 들고 다녀야만 하거든.

염하는 여인이 아이 관을 이듯이 말이야.

로제타   (장난치듯) 바보!

레옹스   로제타.

      (로제타가 그에게 인상을 쓴다.)

      다행이군! (눈을 감는다.)

로제타   (놀라서) 레옹스, 저 좀 보세요.

레옹스   절대로 안 봐!

로제타   딱 한 번만!

레옹스   절대로! 울어? 조금만 울어.

      그러면 내 사랑이 다시 태어날지도 몰라.

      나는 기뻐. 내가 우리 사랑을 묻어 주어서.

      이 마음을 간직할 거야.

로제타   (슬퍼하며 천천히 멀어진다. 노래 부르며 퇴장한다.)

나는 가련한 고아,

혼자 있는 것이 두렵다네.

아 사랑하는 비탄이여 -

함께 집에 가지 않을래?

레옹스 (혼자) 사랑은 이상한 거야.

1년 내내 반쯤은 깨고 반쯤은 잠이 든 채

침대에 누워 있다가,

어느 아름다운 아침 눈을 뜨고 일어나,

물 한 잔 마시고 옷을 입고,

손으로 이마를 문지르며 생각하고 또 생각하지.

세상에, 사랑의 음계를 위아래로 노래하기 위해

얼마나 많은 여인들이 필요한 거야?

한 여자가 한 음도 제대로 못 내는데.

왜 우리 대지 위의 증기는 프리즘이 되어,

사랑의 작열하는 하얀 빛줄기를 무지개로 바꾸어 놓을까?

(술을 마신다.)

오늘 내가 마시고 취할 포도주는

대체 어느 병에 들어 있는 거야?

이제 이런 것도 못하나?

꼭 공기 배출기 아래 앉아 있는 것 같아.

공기가 찌르는 것처럼 예리해서 무명 바지를 입고

스케이트를 타는 것처럼 춥구나.

이보게들, 칼리굴라와 네로가 어떤 인물이었는지 아나?

나는 알고 있지.

레옹스, 이리 와서 독백을 해보게, 내가 듣고 싶군.

내 인생이 내 앞에 입을 벌리고 있구나,

마치 커다란 하얀 종이처럼.

여기에 글을 가득 써 넣어야 하지만

나는 단 한 자도 쓸 수가 없구나.

내 머리는 텅 빈 무도장이야.

시든 장미 몇 송이와 구겨진 리본이 방바닥에 굴러다니고,

금이 간 바이올린은 구석에 버려져 있고,

춤을 추다 끝까지 남은 사람들은 마스크를 벗고

피곤에 지친 눈으로 서로를 바라보지.

나는 매일 스물 네 번이나 나 자신을

마치 장갑처럼 까뒤집어 봐.

아, 나는 나를 알아, 나는 내가 15분 뒤에, 8일 뒤에,

1년 뒤에 무엇을 생각하고 꿈꿀지 알고 있어.

하나님, 대체 제가 무슨 잘못을 했기에

마치 초등학생에게 하듯 제게 그렇게 자주

교훈을 외우게 하십니까?

브라보, 레옹스! 브라보! (박수를 친다.)

난 내 이름을 이렇게 부르면 기분이 좋아.

어이! 레옹스! 레옹스!

발레리오 (탁자 아래에서 기어 나오며) 왕자님은 정말 진짜
바보가 되는 최상의 길에 들어선 것 같네요.

레옹스 그래, 불빛 아래 서니 정말 그런 것 같다.

발레리오 좀 기다려 주세요.

우리 곧 그 일에 대해 자세히 얘기를 나누어 보죠.

아직 구운 고기 한 조각을 더 먹어야 해요.

부엌에서 가져온 거죠.

그리고 왕자님 식탁에서 훔친 포도주도 좀 마셔야 해요.

곧 끝내겠어요.

레옹스 쩝쩝거리기는.

이 친구는 내게 평화로운 기분을 불러일으키는구나.

난 가장 단순한 것부터 다시 시작할 수 있을 거야.

나는 치즈를 먹고 맥주를 마시고

담배를 피울 수도 있을 거야.

계속해 보게,

그렇게 불분명하게 투덜대듯

코맹맹이 소리로 중얼거리지 말고.

그리고 어금니를 그렇게 딱딱 부딪치지도 말아.

발레리오 경애하는 아도니스*님.

---

* 그리스 신화에 나오는 미소년. 아프로디테의 사랑을 받았으나, 사냥을 하다가 멧돼지에게 받혀 죽었다. 아도니스는 원래는 생산의 신이었다. 여기서 발레리오는 레옹스에게 생식력을 잃을까 봐 겁이 나는지 묻는 것이다.

넓적다리 때문에 겁이 나시나요?

걱정하지 마세요.

저는 빗자루 장수도 아니고, 학교 선생도 아니니까요.

저는 회초리를 만들 가늘고 나긋나긋한

나뭇가지는 필요 없어요.

레옹스 한마디도 안 지는구나.

발레리오 제 주인님께서도 그러시다고 아뢰옵니다.

레옹스 맞아서 혼이 나고 싶은 거지?

자네 자신의 교육을 그렇게 걱정하는 거야?

발레리오 이런 무슨 말씀을!

교육보다는 생산이 더 쉬울 겁니다.

상황이 사람을 어떤 다른 상황으로

옮겨 놓을 수 있다는 사실은 슬픈 일입니다!

어머니가 저를 낳고 회복하느라 누워 있을 때부터

제가 어떤 일들을 겪었는지 모르실 겁니다!

잉태된 걸 감사드려야 할 만큼

좋은 것들을 제가 받았을까요?

레옹스 자네 감수성에 대해 말하자면,

지금 두들겨 맞기 일보 직전이다.

표현을 좀 더 잘해 봐,

아니면 내가 단호하게 군다는

|불쾌한 인상을 받게 될 테니까.
발레리오   제 어머니께서 희망봉*으로 배를 타고 갔을 때…….
레옹스   자네 부친이 탄 배는 케이프 혼**에서 난파를 당했고…….
발레리오   맞습니다.
        왜냐하면 아버지는 밤일을 하셨으니까요.
        그렇지만 저의 아버지는 고귀한 자제들을 둔
        아버지들처럼 그렇게 자주 바람을 피우지는 않았어요.
레옹스   이 사람, 정말 뻔뻔스럽군.
        나는 그런 몰염치를 좀 더 가까이 하고 싶은 욕구가 있어.
        자네를 두들겨 패고 싶은 엄청난 열정이 있단 말이지.
발레리오   그것 참 적절한 대답이시고
        설득력 있는 증거이시옵니다.
레옹스   (발레리오 쪽으로 달려간다.)
        그렇지 않다면 흠씬 두들겨 맞는 대답이지.
        자네는 그 대답 때문에 두들겨 맞을 테니.
발레리오   (달아난다. 레옹스가 걸려 비틀거리다가 넘어진다.)

---

*   아프리카 최남단의 지명이다. 임신에 대한 암시를 뜻한다.
** 아메리카 최남단의 지명이다. 임신에 대한 암시를 뜻한다.

그리고 왕자님은 아직 더 증명되어야 하는 증거이시지요.
왜냐하면 그 증거는 자기 발에 걸려 넘어졌기 때문입니다.
원칙적으로 스스로 더 증명되어야 하는 그 발에 말입니다.
정말 아주 믿을 수 없는 장딴지이고
아주 문제가 있는 넓적다리입니다.
(추밀원 고문들이 등장한다.
레옹스는 바닥에 앉아 있다. 발레리오.)

의장　왕자님, 용서하십시오…….
레옹스　나도 마찬가지요. 나도 마찬가지야!
　　　의장, 그대의 말을 경청하려는 나의 친절을 용서하시오.
　　　여러분, 자리에 있지 않으시겠소?
　　　자리라는 단어를 듣고는 왜 그런 표정을 짓는지!
　　　그냥 바닥에 앉으시오. 부끄러워하지 말고.
　　　여러분이 언젠가 차지하게 될 마지막 자리가 아니오.
　　　하지만 이 자리로 득을 보는 사람은
　　　무덤 파는 사람뿐이지요.
의장　(당황해서 손가락을 튕기면서) 황공하옵게도 왕자님…….
레옹스　손가락 좀 튕기지 마시오.
　　　나를 살인자로 만들고 싶지 않으면.
의장　(점점 더 세게 튕기며) 황송하게도 사실…….
레옹스　젠장, 손을 바지에 찔러 넣든지, 깔고 앉으시오.

어쩔 줄 몰라 하시는군요. 정신을 집중하시오.

발레리오 아이들이 오줌 눌 때 중단시키면 안 돼요.

그러면 기능장애에 걸려요.

레옹스 이봐요, 정신 차리시오. 가족과 나라를 생각하시오.

말을 안 하면 심장마비에 걸릴 위험이 있소.

의장 (주머니에서 종이 한 장을 꺼낸다)

왕자님 용서하십시오…….

레옹스 뭐요, 읽을 수 있겠소? 그럼 어디…….

의장 왕자님의 약혼녀이신 피피 왕국의 레나 공주님이

내일 도착하신다는 사실을 알려드리라는

폐하의 분부이십니다.

레옹스 내 약혼녀가 나를 기다린다면,

그러면 그녀의 뜻에 따라 나를 기다리도록 하겠소.

어제 꿈속에서 그녀를 보았는데 눈이 얼마나 크던지,

내 로제타의 발레화를 눈썹으로 붙여도 될 정도더군요.

뺨에 보조개는 없었어요.

대신 웃음이 흘러 나가는 하수구가 있었어요.

나는 꿈을 믿어요.

의장도 가끔 꿈을 꾸나요? 의장도 예감을 갖고 있소?

발레리오 물론이죠.

구운 고기가 폐하의 식탁에서 타버리거나,

	거세된 수탉 한 마리가 뒈지거나
	아니면 폐하께서 복통을 일으키는 날,
	그 전날 밤에는 항상 꿈을 꾸죠.
레옹스	그건 그렇고, 의장은 뭐 할 말 더 없소?
	그냥 다 말해 버리시오.
의장	결혼식 날 폐하께서는 왕권을
	왕자님의 손에 넘겨주실 의향이십니다.
레옹스	폐하께 전하시오.
	내가 모든 것을 다 하겠지만 예외가 있다고 말씀드리시오.
	하지 않고 내버려 둘 일이 많겠지만
	그렇게 아주 많지는 않을 것이라고 전하시오.
	여러분, 바래다주지 않아 미안하오.
	나는 방금 앉아 있고 싶은 열정이 생겼소.
	하지만 나의 은총은 아주 커서,
	두 다리로는 측량을 할 수가 없소.
	(다리를 쫙 벌린다.) 의장, 한 번 재보시오.
	나중에 나한테 상기시킬 수 있게 말이오.
	발레리오, 이분들 나가시는데 시중을 들라.
발레리오	종을 달라고요?
	의장님께 종을 달아드리라는 말씀입니까?
	네 발 달린 짐승에게 하듯 종을 달란 말씀인가요?

레옹스   이 사람, 자넨 못된 말장난밖에 모르는구나.

          자네는 아버지도 어머니도 없어.

          자네 이름 모음 네 개가 서로 결합해서 자네를 만든 거야.

발레리오 그럼 왕자님, 왕자님은 글자 없는 책이에요.

          말바꿈표밖에 없는 책이라고요.

          자 여러분 이제 가시지요!

          '가다'라는 단어는 슬퍼요.

          '들어가다'라는 단어를 쓰면,

          도둑질을 해야 하고,

          '위로 가다'라는 단어는

          교수형 당하는 것밖에는 생각할 수 없어요.

          '아래로 가다'라는 단어는

          우선 우리가 땅 속에 묻힐 때 생각나는 말이고,

          '빠져나가다'라는 단어는

          매순간 무슨 말을 해야 할지 모를 때

          농담으로 대처할 때 쓰는 말이지요.

          지금 저처럼 말입니다.

          그리고 왕자님처럼, 왕자님이 뭔가 말씀하시기 전처럼요.

          왕자님은 피해 나가는 것은 이미 찾으셨으니,

          이제 떠나가는 일을 추구하시길 부탁드리옵니다.

          (고문들과 발레리오 퇴장)

레옹스　　(혼자) 저 불쌍한 자들 앞에서 천박하게
　　　　　나 자신을 기사로 만들고 말았네!
　　　　　하지만 어떤 천박함 속에는 즐거움도 숨어 있어.
　　　　　흠! 결혼이라!
　　　　　그건 두레박 우물물을 바닥이 나도록 마시는 일이지.
　　　　　오, 샌디, 늙은 샌디여,
　　　　　누가 당신의 시계를 내게 선물할까!*
　　　　　(발레리오 돌아온다.)
　　　　　아, 발레리오, 얘기 들었지?
발레리오　이제 왕이 되셔야 하는군요. 그거 재밌겠는데요.
　　　　　종일 마차를 타고 산책을 할 수도 있고
　　　　　사람들 모자를 자주 벗게 해서
　　　　　모자가 닳아지도록 만들 수도 있고,
　　　　　제대로 된 사람을 제대로 된 군인으로 만들 수도 있어요.
　　　　　그러면 모든 게 아주 자연스러워요.
　　　　　검은색 연미복과 하얀색 목수건을
　　　　　궁정 하인으로 만들 수도 있어요.

---

*　로렌스 스턴(Laurence Sternes, 1713-1768)의 소설 《트리스트럼 샌디》 1권 4장에 나오는 구절을 인용한 것이다. 샌디는 이 소설의 주인공이다.

그리고 죽으면 모든 번쩍이는 단추들이
푸르스름해지겠고, 종은 하도 울려서
종에 달린 줄이 마치 끈 실처럼 풀리겠지요.
재밌지 않겠어요?

레옹스   발레리오! 발레리오! 우리 뭔가 다른 걸 해야겠어.
생각 좀 해 봐!

발레리오   아 학문, 학문이요! 우리 학자가 되어 봐요!
아 프리오리*인가요? 아니면 아 포스테리오리인가요?

레옹스   아 프리오리, 그건 우리 아버님께 배워야만 해.
그리고 아 포스테리오리는 옛날이야기처럼
모든 걸 시작하지. 옛날 옛날에~ 하고 말이야.

발레리오   그럼 우리 영웅이 되어 보죠.
(의기양양하게 북을 치며 이리저리 행진한다.)
쿵, 쿵, 타다닥!

레옹스   하지만 영웅주의는 저질 브랜디 냄새가 지독하게
난단 말이야. 발진티푸스에 걸리게 되고,
장교랑 신병이 없으면 존재할 수가 없어.
알렉산더와 나폴레옹 숭배는 그만두지!

---

*   "a priori", "선험적, 선천적으로"라는 뜻이다. 이상주의 철학에 대한 풍자로 볼 수 있다.

발레리오　그러면 천재가 되어 보지요.

레옹스　시의 나이팅게일은 온종일 우리 머리 위에서 퍼덕거려.
하지만 아름다운 것은 망가져 버려서,
결국 우리는 나이팅게일 깃털을 뽑아
잉크나 물감에 담가 버리게 돼.

발레리오　그렇다면 우리 인간 세상의 유용한 일원이 되어 보죠.

레옹스　차라리 인간으로서 사표를 내겠어.

발레리오　그러면 우리 악마한테나 가요.

레옹스　원, 악마는 그저 대조를 위해 존재하는 거야.
하늘에는 그래도 뭔가 있다고 생각하기 위해서 말이야.
(벌떡 일어나며) 아, 발레리오, 발레리오, 이제 알았다!
자네 남쪽에서 바람이 불어오는 게 느껴지지 않아?
짙푸르게 빛나는 창공이 이리저리 넘실대는 게
안 느껴지나?
햇살 가득한 황금빛 대지에서,
성스러운 바다 그리고 대리석 기둥과
기둥 아래 수직 부분에서 빛이 번쩍이는 게
느껴지지 않느냐고?

위대한 판*은 잠을 자고 있고,

청동상들은 깊은 곳에서 출렁대는 물결 위

그늘 속에서 꿈꾸고 있어.

늙은 마술사 버질, 타란텔라 춤**과 북 치는 여인,

깊은 광란의 밤들, 가득한 가면들, 횃불과 기타를 말이야.

라짜로니***가 되자! 발레리오! 라짜로니가 되어 보자!

우리 이탈리아로 가자!

---

*   아르카디아 지방의 신으로, 한낮 태양이 뜨거울 때 낮잠을 잔다.
** 이탈리아 민속춤을 말한다.
*** 당시 나폴리에 살던 빈민층을 뜻한다.

제4장
정원

(신부 치장을 한 레나 공주와 보모)

레나 그래, 이제! 때가 됐네.
난 시간에 대해서는 하나도 생각하지 않았어.
그냥 그렇게 시간이 지나갔어.
그러더니 갑자기 그날이 내 앞에 다가와 버렸네.
내 머리에는 화관이 놓여 있고
그리고 종들이, 종들이 울리고 있어!
(몸을 뒤로 기대고 눈을 감는다.)
보세요.
난 잔디가 이렇게 내 머리 위로
자라나서 벌들이 윙윙거리며

　　　　내 위로 이리저리 날아다녔으면 했어요.
　　　　봐요. 그런데 난 지금 새 옷을 입고
　　　　로즈메리를 머리에 꽂고 있어요.
　　　　이런 옛 노래가 있지 않던가요.

　　　　난 교회 묘지에 누울 거야
　　　　아기가 요람에 눕듯이…….

보모　　불쌍한 공주님.
　　　　반짝이는 보석으로 치장을 하고도
　　　　그렇게 창백한 모습을 하시다니.
레나　　아 세상에, 나도 사랑을 할 수는 있을 거예요,
　　　　왜 못하겠어요?
　　　　사람은 정말 외로워하며
　　　　자신을 잡아 주는 손을 더듬지요.
　　　　염하는 여인이 두 손을 빼어
　　　　각자의 가슴 위에 포개 놓을 때까지요.
　　　　하지만 왜 사람들은 서로 찾지도 않는
　　　　두 손을 한데 포개 못을 박으려고 하는 거죠?
　　　　내 가여운 손이 무슨 짓을 했나요?
　　　　(손가락에서 반지를 뺀다.)

	이 반지는 독사처럼 나를 찔러 대요.
보모	그렇지만 그분은 진짜 돈 카를로스* 같은
	분이라고 하던데요.
레나	하지만 어떤 남자…….
보모	그래서요?
레나	사랑하지 않는 남자예요.
	(일어선다.) 치, 아세요? 난 창피해요!
	내일이면 모든 향기와 빛이 내게서 빠져나갈 거예요.
	내가 가련하고 의지할 데 없는 샘물 같지 않나요?
	자기 위로 몸을 숙이는 모든 상을
	그 고요한 밑바닥에 비쳐야만 하는 샘물이요.
	꽃들은 아침 햇살과 저녁 바람 속에서
	자기가 원하는 대로 봉오리를 활짝 열었다 닫았다 하죠.
	그런데 한 나라 왕의 딸이
	꽃 한 송이보다도 못하단 말인가요?
보모	(울면서) 사랑스러운 천사 같은 분,
	공주님은 정말 희생양이에요.

---

* 스페인의 왕 필립 2세의 아들을 말한다. 쉴러의 비극 《돈 카를로스》에서 고귀한 젊은이의 표상으로 서술되기도 했다.

레나	그래 맞아요.
	그리고 사제가 이미 칼을 손에 들었어요.
	나의 하나님, 나의 하나님,
	우리가 우리의 고통으로 우리 자신을
	스스로 구원해야 한다는 게 정말 사실인가요?
	세계가 십자가에 못 박힌 성스러운 땅이며,
	태양이 그의 가시 면류관이고,
	별이 그의 발과 허리에 박힌 못과
	창이라는 게 사실인가요?
보모	공주님, 공주님!
	이런 모습을 차마 볼 수가 없어요.
	이런 상태로 가면 안 돼요.
	그러다가는 죽고 말 거예요.
	어쩌면, 누가 알겠어요!
	제게 좋은 생각이 하나 있어요.
	어떻게 되는지 봅시다요.
	이쪽으로 오세요.
	(공주를 데리고 사라진다.)

어떤 음성이
내 마음 가장 깊은 곳에서 울리자,
갑자기 사라져 버렸다네
내 모든 기억이.

– 아달베르트 폰 샤미소

제1장
넓은 들판,
배경에는 음식점 겸 여관

(레옹스와 짐을 든 발레리오 등장)

발레리오 (숨을 헐떡이며) 왕자님,

세상은 정말 엄청나게 큰 건물입니다.

레옹스 안 그래! 그렇지 않아!

나는 좁은 거울 방에 있는 것처럼

두 손을 앞으로 뻗을 용기도 나지 않아.

사방에 부딪쳐,

아름다운 형태들이 조각조각 바닥에 떨어지고

나는 민둥민둥한 맨 벽 앞에 서 있게 될까

겁이 나서 말이야.

발레리오 제가 졌습니다.

레옹스　자네를 얻는 사람은 손해 보는 일은 없을 거야.

발레리오　저는 다음에는 제 그늘의 그늘 속에 숨을 겁니다.

레옹스　자네는 햇빛에 닿아 증발해버리고 있어.

저기 하늘에 있는 멋진 구름 보이나?

저 구름의 적어도 4분의 1은 자네야.

아주 기분 좋게 자네의 거칠고

물질적인 질료를 내려다보고 있군.

발레리오　저 구름이 왕자님 머리에는 흠집 하나 내지 못할 겁니다.

사람들이 왕자님 머리를 박박 밀어,

저 구름이 방울방울 물이 되어

그 위에 떨어진다 해도 말입니다.

아주 근사한 생각이죠.

우리는 벌써 10여 개의 제후국과

대여섯 개의 대공국과 몇 개의 왕국을 지나왔습니다.

굉장히 서둘러 하루의 절반이 걸렸네요.

근데 왜 이렇게 서둘렀을까요?

왕자님께서 왕이 되셔서

아름다운 공주님과 결혼해야만 했으니까요.

그런데 왕자님은 아직도 그런 상황에 계시다고요?

저는 왕자님의 체념을 이해할 수가 없어요.

저는 이해할 수가 없어요.

| | 왜 왕자님께서는 비소와 같은 독약을 드시고
교회탑 난간에 서서 머리에 총알을 박지 않으시는지요.
목적을 그르치지 않기 위해서 말이에요.
| :-- | :-- |

레옹스   하지만 발레리오, 이상 말이야!
나는 여자에 대한 이상을 품고 있어서
그녀를 찾아야만 해.
그녀는 굉장히 아름답고 굉장히 어리석어.
마치 신생아처럼 정말 의지할 곳 없고 정말 감동적이지.
그 모습은 아주 멋진 대조를 이루고 있어.
굉장히 멍청한 두 눈과 아주 순진한 입,
양의 코를 닮은 것 같은 그리스인 풍의 옆모습,
이 정신적인 육체에 깃든 정신적인 죽음.

발레리오   이런! 우리 또 다시 국경에 도착했어요.
양파 같은 나라예요. 껍질밖에 없어요.
아니 겹겹이 들어있는 상자 같아요.
제일 큰 상자 안에는 상자들밖에 없고,
제일 작은 상자 속에는 아무 것도 들어있지 않은
그런 상자요. (짐을 바닥에 내동댕이친다.)
이 짐이 내 묘비가 되는 게 아닐까?
왕자님 보세요.
저는 철학적이 될 거예요, 인간 삶의 한 모습이에요.

저는 상처 난 발로 추위에 떨고 뜨거운 태양을 견디며
이 짐짝을 끌고 다닙니다.
저녁에 깨끗한 내의로 갈아입을 생각으로 말이죠.
그런데 막상 저녁이 오면,
이마에는 주름이 패고,
뺨은 움푹 들어가고, 눈은 흐릿해지죠.
딱 내의를 갈아입을 시간은 있지만,
그건 결국 수의가 되는 거죠.
그러니 꿍쳐 놓은 제 꾸러미를 꺼내
첫 번째 마주쳤던 제일 좋은 술집에다 팔아
그 돈으로 취하도록 마시고,
그늘에서 저녁이 될 때까지 잠이나 잤었더라면,
땀도 흘리지 않고,
티눈이 생기도록 달리지도 않았더라면,
그게 더 똑똑한 짓이 아니었을까요?
왕자님, 자 이제 응용과 실행을 할 때입니다.
순전히 수치심 때문에 이제 우리는 내면의 인간에게
옷을 입히고, 윗옷과 바지를 끼워 입히려고 합니다.
(두 사람은 음식점을 향해 내달린다.)
아, 너 사랑스런 짐 꾸러미여,
이 얼마나 근사한 냄새인가!

이 좋은 포도주 향기와 구운 고기 냄새!
아 너희 사랑스러운 바지들이여,
너희들은 땅에 뿌리를 내리고
푸른 싹을 틔우고 꽃을 피우고,
길고 묵직한 포도들이 내 주둥이 속으로 늘어져 들어오고
포도즙은 압착기 아래에서 발효하는구나.
(두 사람 퇴장한다.)

(레나 공주와 보모가 온다.)

보모 정말 홀린 것 같은 날이네요.
해가 떨어지지 않고 있어요.
우리 도망친 지 정말 꽤 오래 되었지요.
레나 아니에요, 보모, 우리가 정원을 나올 때
내가 작별 인사로 꺾은 꽃들이 별로 시들지도 않았어요.
보모 그런데 우리 어디에서 쉴 거예요?
오는 도중에 아무하고도 마주치지 않았어요.
수녀원도, 은둔자도, 양치기도 안 보이네요.
레나 어쩌면 우리는 우리 정원의 담장 안에서,
은매화와 협죽도 사이에서 책만 보면서
모든 것을 전혀 다르게 꿈꾸었던 것 같아요.

| 보모 | 오 이 세상은 추악해요!
| | 길 잃은 왕자를 만난다는 것은 생각할 수도 없네요.
| 레나 | 오 세상은 아름답고, 정말 넓어요, 정말 끝없이 넓어요.
| | 난 낮이고 밤이고 이렇게 계속 가고 싶어요.
| | 아무 것도 움직이지 않네요.
| | 초원 위에는 동자꽃의 붉은 빛이 어른대고,
| | 대지 위 먼 산들은 마치 쉬고 있는 구름 같아요.
| 보모 | 세상에, 사람들이 뭐라 할까요?
| | 이렇게 여리고 여성다우신데!
| | 이건 체념이에요.
| | 마치 성녀 오딜리아의 도주 같아요.
| | 그런데 우리는 쉴 곳을 찾아야 해요.
| | 저녁이 되고 있어요!
| 레나 | 그래요,
| | 식물들도 자려고 깃 모양으로 된 그 잎들을 모으고,
| | 햇살도 지친 잠자리처럼 풀줄기에서
| | 가볍게 흔들리고 있네요.

제2장

강가의 언덕 위에 여관이 있다
탁 트인 전망, 그리고 여관의 정원

(발레리오와 레옹스)

발레리오   자, 왕자님,

         왕자님 바지가 맛있는 음료수를 조달하지 않나요?

         왕자님 장화가 아주 가볍게 목을 타고 넘어가지 않나요?

레옹스   저기 고목과 덤불과 꽃들이 보이나?

         이 모든 것은 자기만의 역사를 가졌지.

         사랑스럽고 은밀한 역사를 말이야.

         문 옆 포도덩굴 아래에 앉아 있는

         노인들의 친절한 얼굴이 보여?

         손깍지를 끼고 앉아 자기들은 저렇게 늙었는데

         세상은 아직 저렇게 젊다고 겁을 먹고 있구나.

오 발레리오, 그런데 나는 이렇게 젊어.

그리고 세상은 너무 늙었고.

나는 때로 나 자신이 걱정되어서,

구석에 앉아 내가 불쌍해서

뜨거운 눈물을 쏟을 지경이야.

발레리오 (왕자에게 잔을 건네준다.)

이 종을 가지세요, 이 잠수종을요.

그리고 포도주의 바다 속에 빠지세요.

진주가 왕자님 머리 위에서 달그락거릴 거예요.

보세요, 요정들이 포도 꽃의 꽃받침 위에서

둥실둥실 떠돌고 있어요.

황금 신발을 신고, 덜시머*를 치면서요.

레옹스 (벌떡 일어나며) 이리 오게, 발레리오.

우리 뭔가 할 일이 있어, 뭔가 할 일이.

우리 깊은 생각에 빠져보자.

의자가 왜 두 다리가 아니라 세 다리로 서 있는지,

왜 사람들은 파리처럼 발이 아니라

손으로 코를 닦는지 연구해 보자.

---

* 타현 악기 중 하나이다. 사다리꼴 상자에 쳐진 금속 현을 두 개의 막대기로 두드려 연주한다.

이리 와.

우리 개미를 해부해 보고, 꽃실을 세어 보자고.

난 이런 걸 아주 멋진 도락으로 삼을 참이야.

난 어린애들이 갖고 노는 딸랑이도 찾아내서,

죽기 직전 이불을 쥐어뜯고 잡아당기는 증세가 보일 때

그때서야 그걸 손에서 놓을 거야.

나에게는 아직 황홀경 약이 몇 회분 더 남아 있어.

하지만 모든 것을 제대로 따뜻하게 끓여 놓고도,

난 그 음식을 먹을 숟가락을 찾으려고

한없이 시간을 보내고,

그러다가 음식은 맛이 다 빠져 버려.

발레리오   그러니 우리 술이나 마시자고요.

이 술병은 연인도 아니고, 이념도 아니에요.

이 술병은 출산의 고통도 주지 않고,

지루해지지도 않고, 배신하지도 않죠.

첫 방울부터 마지막 한 방울까지 한결같아요.

왕자님이 봉인을 따세요.

그러면 그 안에서 단잠을 자고 있는 모든 꿈이

왕자님을 향해 흩날려 나올 거예요.

레옹스   아아! 짚 위에 쓰러져 죽을 때까지

멋진 말처럼 타고 다닐 지푸라기* 하나만 주어진다면,

내 인생 절반을 기도만 할 텐데.

정말 스산한 저녁이야.

저 아래는 모든 게 아주 조용하고,

저 위쪽은 구름이 모습을 바꾸며 이동하고,

햇살이 오락가락하는구나.

봐, 뭔가 이상한 형태들이 서로 뒤쫓고 있어.

비쩍 마른 다리에 박쥐처럼 날아다니는

저 커다랗고 하얀 그림자를 좀 봐.

모든 것이 굉장히 민첩하고, 굉장히 혼란스럽네.

저 아래는 나뭇잎 하나, 풀잎 하나 움직이지 않아.

대지가 겁이 나는 듯 바짝 웅크리고 있군.

꼭 어린애처럼 말이야.

유령들이 대지의 요람을 넘어 다니고 있어.

발레리오 왕자님이 뭘 원하시는지 모르겠어요.

저는 아주 기분이 좋은데요.

---

* '지푸라기'는 이탈리아의 철학자이자 신학자인 루칠리오 바니니(Lucilio Vanini, 1584-1619)를 암시한다. 그는 인류가 유인원에서 유래되었다는 주장을 폈다가 이단과 신성모독으로 체포되었다. 자신을 무신론자라고 고발한 사람에게 지푸라기를 들고 변론한 것으로 유명하다. 그는 지푸라기를 집어 들어 보이며, 이미 이 지푸라기가 신의 존재에 대해 자신을 설득했다고 말했다. 그의 변론은 받아들여지지 않았고, 결국 화형을 당했다.

태양은 여관 간판처럼 보이고,

불타는 구름이 그 위에 걸려 있네요.

마치 "금빛 태양 여관"이라고 쓰여 있는 것 같아요.

저 아래 대지와 강물은 포도주가 엎질러진 식탁 같고,

우리는 그 위에 트럼프처럼 누워있어요.

하나님과 악마는 지루해서 이 트럼프로 한 판 벌이죠.

왕자님은 트럼프의 킹이시고, 저는 잭이에요.

부족한 것은 여왕님이에요, 아름다운 여왕님.

가슴에 커다란 꿀과자를 달고 엄청나게 큰 튤립을 들고,

코를 감상적으로 그 꽃에 대고 있는 여왕님이요.

(보모와 레나 등장)

그런데 세상에, 여왕님이 저기 있네!

그런데 튤립이 아니라 코담배 한 줌이네.

그리고 사람의 코가 아니라 코끼리 코야.

(보모에게로 간다.)

귀하신 분이여, 왜 그리 서둘러 가시나요?

덕분에 한때 예뻤던 댁의 정강이가

존경하는 양말 끈이 있는 곳까지 보이는군요.

보모 (화를 버럭 내며 멈춰 선다.)

이보세요,

왜 댁은 주둥이를 그렇게 크게 벌려서,

	남한테 뻥 뚫린 구멍을 보게 합니까?
발레리오	귀하신 분께서 지평선에 코를 부딪쳐
	피가 나지 않게 하려고요.
	댁의 코는 다마스쿠스를 향해 서 있는
	레바논의 탑 같군요.*
레나	(보모에게) 보모, 아직도 갈 길이 먼가요?
레옹스	(꿈꾸듯 혼잣말) 오, 길은 다 멀지!
	우리 가슴 속 죽음의 시계**의 움직임은 더디고,
	모든 핏방울은 자신의 시간을 잰다.
	우리의 삶은 서서히 진행되는 열병이지.
	지친 다리에게는 길은 다 멀지…….
레나	(불안해하며 생각에 잠겨 레옹스의 말을 듣는다.)
	그리고 피곤한 눈에는 어떤 빛도 너무 눈부시고,
	피곤한 입술에는 어떤 입김도 무거운 법이지.
	(미소 지으며) 피곤한 귀에는 어떤 말도 너무 과한 법이고.
	(보모와 함께 집 안으로 들어간다.)

---

* 아가서 7장 5절 "코는 다메섹을 향한 레바논 망대 같구나"를 차용한 표현이다.

** 나무를 좀 먹는 갑충의 별명으로 살짝수염벌레 혹은 빗살수염벌레라고도 한다. 나무를 두드려 시계의 똑딱거리는 소리와 유사한 소리를 낸다. 글자 그대로의 '죽음의 시계'는 죽음이 자신의 시계를 똑딱거리게 함으로써 죽음이 다가왔을 때를 알려준다는 민중의 속설로, 마치 벽을 두드리는 소리처럼 들린다고 한다.

레옹스   오, 친애하는 발레리오!
나도 이렇게 말할 수 있지 않을까?
"내 구두 위의 불룩한 장미 몇 송이와 함께
깃털 숲은 어떻소?"
내가 아주 우울하게 말한 것 같군.
다행이야, 내가 우울을 느끼기 시작하다니.
대기가 이제 더는 밝은 빛으로 가득 차 있지도 않고
차갑지도 않구나.
하늘이 이글거리며 내 주변 가까이로 내려앉고,
묵직한 이슬방울이 떨어진다.
오, 이 목소리. "아직도 갈 길이 먼가요?"
대지 위에서는 수많은 목소리가 말을 해.
사람들은 그 목소리들이 다른 것들을 말한다고 생각하지.
하지만 나는 그 목소리를 이해했어.
그 목소리는 빛이 있기 전에 물 위를 떠돌던
그 정령*처럼 내게 머물고 있어.
마음속 깊은 곳에서 왜 이리 부글부글 끓고 있는지,
내 안에서 뭔가 일어나고 있어.

---

*   창세기 1장 2절을 차용한 표현이다.

그 목소리가 온 공간을 울리는구나.

"아직도 갈 길이 먼가요?"

(퇴장)

발레리오 아니야. 정신병원으로 가는 길은 그렇게 멀지 않아.

그 길은 찾기 쉬워.

나는 그곳으로 가는 길은 좁은 길, 샛길,

포장 도로 할 것 없이 다 알고 있어.

왕자님이 벌써 그쪽으로 가는

넓은 오솔길에 있는 게 보이네.

얼음장처럼 추운 겨울날 모자를 옆구리에 낀 채 말이야.

벌거벗은 나무들 아래 긴 그림자를 드리우며

손수건으로 부채질을 하네.

왕자님은 멍청이야!

(레옹스를 따라간다.)

제3장
방

(레나와 보모)

보모 그 사람 생각하지 마세요.
레나 그 남자는, 머리카락은 금발 곱슬머리인데
 정말 늙었어요.
 두 뺨에는 봄이 깃들여 있지만 가슴속은 겨울이더군요.
 슬픈 일이에요.
 피곤한 육체는 사방에서 쉴 베개를 찾을 수 있지만,
 정신이 피곤하면 어디서 쉴까요?
 무서운 생각이 드네요.
 그저 존재하기 때문에 불행하고,
 치유 불가능한 사람들이 있는 것 같아요. (일어선다.)

보모	어디 가시려고요?
레나	정원에 내려가 볼래요.
보모	하지만…….
레나	하지만이라뇨, 보모.

레나 사람들이 나를 화분에 앉혀 놓으려 했던 것 아시잖아요.
저는 꽃처럼 이슬과 밤공기가 필요해요.
밤의 화음이 들리세요?
귀뚜라미가 낮을 떠맡고,
댐스바이올렛이 향기로 낮을 재우고 있어요!
방에 있을 수가 없어요.
벽들이 내게로 무너지는 것 같아요.

제4장
정원 밤, 달빛이 비친다

(잔디에 앉아 있는 레나가 보인다.)

발레리오 (약간 떨어진 곳에서) 자연은 참 멋져.
하지만 모기가 없다면,
또 여관의 침대가 좀 더 깨끗하다면,
그리고 죽음의 시계들이 벽 속에서 그렇게
시끄럽게 갉아대지만 않으면 훨씬 더 멋질 텐데.
안에서는 인간들이 코를 골고
밖에서는 개구리들이 개굴대는구나.
안에서 집 귀뚜라미, 밖에는 들 귀뚜라미.
사랑스러운 잔디여, 이건 대단한 결심이야.
(잔디에 눕는다.)

레옹스 (등장한다.) 오 밤이여, 낙원에 처음 내려앉았던
 그 밤처럼 향기롭구나.
 (공주를 알아보고, 조용히 다가간다.)
레나 (혼잣말) 휘파람새가 꿈을 꾸며 울었어.
 밤이 점점 더 깊어지네.
 밤의 두 뺨은 더 창백해지고,
 그 숨결은 더욱 조용해지고 있어.
 달이 꼭 잠자는 아이 같아.
 금발 곱슬머리가 잠자는 사랑스러운 얼굴 위로 내려왔네.
 오, 달의 잠은 죽음이야.
 죽음의 천사가 달의 검은 베개 위에 깃들이고,
 별들은 마치 촛불처럼 달 주위에서 타고 있어.
 가여운 것, 검은 남자들이 곧 너를 데리러 올 거니?
 너의 엄마는 어디 있니?
 엄마가 한 번 더 네게 뽀뽀해 주지 않을까?
 아, 죽어서 그렇게 홀로 있는 건 슬픈 일이야.
레옹스 네 하얀 옷을 입은 채 일어나라.
 그리고 시신 뒤에서 밤새도록 서성이며
 시신에게 죽음의 노래를 불러주어라.
레나 거기 누가 말하고 있는 거예요?
레옹스 꿈이요.

레나   꿈은 기쁨에 가득 차 있어요.

레옹스   그럼 기쁜 꿈을 꾸세요.

내가 당신의 기쁜 꿈이 되게 하세요.

레나   죽음이 가장 기쁜 꿈이에요.

레옹스   그러면 내가 당신의 죽음의 천사가 되게 하세요.

내 입술이 죽음의 천사의 날개처럼

당신 눈에 내려앉게 하세요.

(레나에게 키스한다.)

아름다운 시신이여, 그대 관을 덮은

검은 천 같은 밤에 정말 사랑스럽게 누워 있군요.

자연은 삶을 증오해서, 죽음과 사랑에 빠졌어요.

레나   안 돼요. 놔 주세요.

(벌떡 일어나 재빨리 사라진다.)

레옹스   너무 많이 살았어, 너무 많이!

내 온 존재는 바로 이 순간 안에 있어.

이제 죽자. 더 이상은 불가능해.

삼라만상이 신선하게 숨을 쉬고 아름다움으로 빛나며

있는 힘껏 혼돈을 헤치고 나를 향해 몰려오는구나.

대지는 어두운 황금 그릇이야.

빛이 대지 속에서 부글거리며 거품을 내고,

그 가장자리를 넘어 넘쳐 쏟아지지.

　　　　　거기서 별들은 방울져 수없이 떨어지고,

　　　　　내 입술이 그것들을 빨아들인다.

　　　　　이 한 방울의 행복이 나를 귀중한 그릇으로 만든다.

　　　　　아래로 몸을 던져라, 성배여!

　　　　　(강물에 몸을 던지려 한다.)

발레리오　(벌떡 일어나 그를 잡는다.) 고정하세요, 왕자님!

레옹스　놔라!

발레리오　고정하시고 강물을 그대로 두겠다고

　　　　　약속하시면 놓아드리지요.

레옹스　명청이!

발레리오　왕자님께서는 애인의 건강을 위해 건배한 잔을

　　　　　창밖으로 집어 던지는 장교의 낭만에서

　　　　　아직도 못 벗어나셨어요?

레옹스　어느 정도는 그런 것 같아. 자네 말이 맞아.

발레리오　진정하세요.

　　　　　비록 오늘 밤 풀 아래에서 주무시는 것은 아니지만,

　　　　　적어도 그 위에서는 주무시는 겁니다.

　　　　　침대 같은 것 속에 들어가 자는 것도

　　　　　일종의 자살시도예요.

　　　　　짚으로 만든 침대 위에 죽은 자처럼 누워서,

　　　　　살아있는 자처럼 벼룩에게 물리게 되죠.

레옹스 난 괜찮아. (풀밭에 눕는다.)
   젠장, 자넨 나한테서 가장 아름다운 자살을 빼앗아갔어.
   앞으로 내 생에서 자살하기에 그렇게
   멋진 순간을 또 맞게 되지는 않을 거야.
   그리고 날씨도 이렇게 좋은데 말이야.
   난 이제 벌써 마음이 바뀌었어.
   저 친구가 노란 조끼와 하늘색 바지*로
   내 모든 것을 망쳤어.
   하늘이여, 내게 아주 건강하고 투박한 잠을 주소서.
발레리오 아멘. 나는 인간의 생명 하나를 구했다.
   마음이 편해서 오늘 밤 몸이 따뜻해지겠구나.
   잘 쉬어라, 발레리오!

---

* 괴테의 소설 《젊은 베르테르의 고뇌》에서 베르테르는 노란 조끼와 하늘색 바지를 입었다.
 발레리오의 이런 옷차림이 레옹스에게서 자살 충동을 빼앗았다.

3막

―◆― 제1장 ―◆―

(레옹스와 발레리오)

발레리오 결혼이라구요?
        언제부터 왕자님이 그런 끝도 없는
        다람쥐 쳇바퀴 같은 걸 생각하시게 되었어요?
레옹스   발레리오, 자네도 알고 있나?
        아무리 하찮은 사람이라도 사랑을 하기에는
        인생이 너무 짧다는 걸 말이야.
        어떤 사람들은 인생이 더 아름답고
        더 성스럽게 만들 필요가 없을 정도로
        아름답고 성스럽다고 착각하지.
        나는 그런 사람들의 즐거움을 방해할 생각은 없네.

이런 사랑스러운 오만에는 어느 정도 즐거움이 있어.

그들이 그런 즐거움을 누리도록

내가 허락하지 않을 이유가 없지 않은가?

발레리오   아주 인도적이시고 동물애호적이십니다.

그런데 그 여자는 왕자님이 누구신지 알고 있나요?

레옹스   그 여자는 자신이 나를 사랑한다는 사실만 알고 있지.

발레리오   그러면 왕자님은 그 여자가 누군지 알고 계세요?

레옹스   멍청이!

카네이션과 이슬방울한테 그 여자 이름을 물어봐라.

발레리오   너무 거칠지도 않고,

수배지에 그려진 얼굴 같지도 않다면,

그 여자는 대체로 괜찮은 사람이라는 말씀이군요.

하지만 어쩌시려고요?

흠! 왕자님, 만일 왕자님이 오늘 폐하 앞에서

말로 표현할 수 없는 그분,

이름 없는 그 분과 결혼서약을 통해 하나로 맺어지신다면,

저는 장관이 되는 겁니까? 약속하십니까?

레옹스   약속하지!

발레리오   가련한 인간 발레리오가 발레리오 폰 발레리엔탈

장관 각하께 이만 물러가겠다고 고합니다.

"이 작자가 뭔 짓거릴 하려는 거야?

나는 자네를 몰라. 꺼져 버릇없는 놈!"

(발레리오가 뛰어 달아난다. 레옹스가 그 뒤를 따른다.)

― 제2장 ―
페터 왕의 궁전 앞 광장

(군수, 교장, 정장을 입고 손에

전나무 가지를 들고 있는 농부들.)

군수　선생, 댁의 사람들은 어떻게 버텨내나요?
교장　저 사람들은 고통 속에서도 잘 버텨서,
　　　벌써 꽤 오래 전부터 서로 의지하며 버텨내고 있습니다.
　　　저들은 씩씩하게 원기를 스스로에게 들이붓고 있지요.
　　　안 그러면 열기 속에서 이렇게
　　　오랫동안 버틸 수 없을 겁니다.
　　　용감해요, 여러분!
　　　들고 있는 전나무 가지를 앞으로 곧장 뻗으세요.
　　　사람들은 여러분이 전나무 숲인 줄 알겁니다.

여러분의 코는 딸기고, 여러분이 쓴 삼각 펠트 모자는
야생동물의 뿔이라 생각할 거요.
여러분이 입은 사슴 가죽 바지는
숲에 깃들인 달빛이라 여길 거고요.
그리고 잘 기억해 둬요.
맨 뒤에 있는 사람이 항상 맨 앞에 있는
사람 앞쪽으로 달려 나와야 해요.
그러면 여러분이 마치 두 배는 더 많은 듯이 보일 겁니다.

군수   그런데 선생, 정신이 말짱하시네요.

교장   당연하죠. 너무 멀쩡해서 서 있기도 힘들 정도입니다.

군수   여러분, 잘 들으시오. 각본에는 이렇게 쓰여 있소.
"모든 신하들은 자발적으로 나와, 깨끗한 옷을 입고,
배불리 먹고, 만족한 얼굴로 도로변에 서 있을 것"이라고.
우리 얼굴에 먹칠하면 안 돼!

교장   점잖게 굴어야 해요!
고귀한 한 쌍이 지나가실 때 뒤통수를 긁거나,
손으로 코를 풀면 안 돼요.
상당히 감격했다는 모습을 보여주어야 해요.
안 그러면 감격적인 방법이 사용될 거야.
여러분들을 위해 어떤 배려를 했는지 생각하기 바라오.
여러분을 바로 이렇게 세워놓은 것은

부엌에서 오는 바람이 여러분 쪽으로 불어,

생애 한 번이라도 구운 고기 냄새를 맡게 해주려는 거요.

배운 것 아직 기억하죠? 자! 비!

농부들   비!

교장   바트!

농부들   바트!

교장   비바트!

농부들   비바트!

교장   자, 군수님.

이 사람들 지능이 얼마나 향상되었는지 보셨지요.

라틴어로 '만세'라는 뜻이었어요.

우리는 오늘 저녁 구멍 난 윗도리와 바지를 입고

속이 들여다보이는 무도회도 열 겁니다.

그리고 서로 주먹질을 해서

이마에 표시도 만들어 붙일 것입니다.

―――― **제3장** ――――

큰 홀, 말끔히 차려 입은 신사 숙녀들, 조심스럽게 모여 있다

(의전관이 하인 몇 명과 무대 전면에 서 있다.)

의전관   큰일이야! 다 망쳤어.
        구운 고기가 다 쪼그라들었어.
        축하의 분위기도 모두 김이 빠졌고.
        빳빳하게 세운 깃이 우울한 돼지 귀처럼
        축 늘어져 버렸군.
        농부들은 손톱과 수염이 다시 자랐어.
        군인들의 곱슬머리도 풀어졌고.
        행사에 참가할 열두 명의 처녀들 중 푹 퍼지지 않고
        꼿꼿한 자세를 취하는 사람은 하나도 없어.
        흰 옷을 입고 있는 게 꼭 지친 앙고라토끼 같네.

궁정시인은 불만 있는 기니피그처럼
처녀들 주변을 툴툴대며 다니는군.
장교님들도 자세가 흐트러졌어.
(하인 한 명에게) 저기 사관후보님께 가서
그분 애기들 오줌 누이라고 말씀드려.
불쌍한 궁정목사님!
목사님 연미복 뒷자락이 아주 우울하게 축 처져있구나.
저 분은 아마도 환상적인 꿈을 꾸고 있을 거야.
궁정대신들 모두를 궁정의자로 변신시키고 싶겠지.
서 있어서 피곤하겠지.

하인 1　고기가 그냥 두는 바람에 다 상해버렸습니다.
궁정목사님도 오늘 아침 일어난 이후부터
완전히 맥이 빠져버리셨습니다.

의전관　궁녀들이 저기 서 있군.
목걸이에 소금이 말라붙어 있는 걸 보니
꼭 소금 만드는 벽 같아.

하인 2　저 사람들은 그래도 좀 편안히 있네요.
옷이 어깨에 늘어져 있다고 제대로 걸치라고
말할 수는 없을 것 같습니다.
저들이 마음이 열린 사람들은 아니지만,
옷은 가슴까지 열어놨네요.

의전관　　그래, 저 여인들은 멋진 터키 지도 같구나.
　　　　　다르다넬스 해협과 대리석 바다가 보여.
　　　　　저쪽으로 가! 창가로!
　　　　　저기 폐하께서 오시는 것 같다.

(페터 왕과 추밀원 의장이 등장한다.)

페터　　　그러니까 공주도 사라졌단 말인가?
　　　　　우리 사랑하는 왕세자는 흔적도 못 찾았고?
　　　　　내 명령을 따르기는 한 건가? 국경은 잘 살펴봤지?
의전관　　예, 폐하.
　　　　　이 방에서 보면 아주 꼼꼼하게 살펴볼 수 있습니다.
　　　　　(하인 1에게) 자넨 뭘 봤지?
하인 1　　주인을 찾는 개가 왕국을 돌아다녔습니다.
의전관　　(다른 하인에게) 그리고 자네는?
하인 2　　북쪽 국경에서 누군가 산책을 하고 있습니다.
　　　　　하지만 왕자님은 아닙니다.
　　　　　그분이시라면 알아보았을 것입니다.
의전관　　그럼 자네는?
하인 3　　용서하세요. 저는 아무것도 보지 못했습니다.
의전관　　그거 아주 별로군. 그럼 자네는?

하인4	저도 아무것도 못 보았습니다.
의전관	더 별로야.
페터	하지만, 의장, 내가 이날 즐기겠다고 했고, 그래서 이날 결혼식이 거행되어야 한다고 결정하지 않았소? 그거 우리의 확고부동한 결정 아니었소?
의장	그렇습니다, 폐하. 그렇게 의정서를 작성했고, 기록했습니다.
페터	그럼 내 결정을 내가 실행하지 못한다면 내 체면이 깎이지 않겠소?
의장	폐하의 체면이 깎이게 될 일이 정말로 있다면, 이 일이 바로 폐하의 체면이 깎일 수도 있는 그런 일이라 생각됩니다.
페터	내가 어명을 내리지 않았던가? 그래, 곧 내 결심을 실행에 옮기겠소. 나는 즐길 것이오. (두 손을 비빈다.) 오, 나는 정말 즐거워!
의장	저희 신하들이 할 수 있는 한, 예절에 벗어나지 않는 한, 모두 폐하의 기분에 동참하겠습니다.
페터	아, 난 기뻐서 어쩔 줄 모르겠소. 난 내 궁정신하들에게 빨간 상의를 맞춰 줄 것이오.

	소년 사관 후보 생도들을 모두 장교를 만들겠소.
	내 신하들에게 허락할 것이오.
	그런데, 그런데 결혼식?
	결정의 절반은 결혼식을 거행하는 것 아니었소?
의장	그렇습니다, 폐하.
페터	그래, 그런데 만약 왕자가 오지 않고
	공주도 오지 않는다면?
의장	그렇습니다.
	만약 왕자님께서 안 오시고,
	공주님도 오시지 않는다면, 그러면 그러면.
페터	그러면, 그러면?
의장	그러면 물론 두 분은 결혼하실 수 없습니다.
페터	잠깐, 그 결론이 논리적이오?
	만약 그러면.
	제대로군!
	하지만 내 말, 나의 어명은?
의장	다른 임금님들을 보시고 위안을 삼으십시오.
	어명이란 어떤, 어떤, 어떤, 그것은 아무것도 아닙니다.
페터	(하인들에게) 아직 아무것도 안 보이느냐?
하인들	폐하, 아무것도, 전혀 아무것도 보이지 않습니다.
페터	나는 이런 식으로 즐기려고 결심했었어.

	열두 번의 종이 막 울리는 것과 동시에 시작해서

열두 시간 내내 즐길 생각이었지.

정말 우울해지는군.

의장   모든 신하들은 폐하의 기분에 동참하라고

권하는 바이오.

의전관   하지만 손수건을 지참하지 않은 사람들은

예의를 지키기 위해 우는 것을 금지합니다.

하인 1   잠깐만요! 뭔가 보입니다!

뭔가 튀어나온 것인데요, 코 같습니다.

나머지 부분은 아직 국경선 밖에 있습니다.

그리고 남자 한 사람 더 보입니다,

그리고 또 이제 성별이 다른 두 사람이 더 보입니다.

의전관   어느 방향이냐?

하인 1   점점 가까이 옵니다. 궁전을 향해 옵니다.

저기 왔습니다.

(발레리오, 레옹스, 보모와 공주. 마스크를 쓰고 등장한다.)

페터   너희들은 누구냐?

발레리오 전들 알겠습니까?

(여러 겹의 가면을 천천히 하나씩 벗는다.)

이게 저일까요? 아니면 이것?

정말 저는 두렵습니다,

이렇게 제게서 한 겹 한 겹 껍질을 벗길 수 있다니.

한 겹씩 잎을 떼어낼 수 있다니 말입니다.

페터 (당황하며) 하지만,

하지만 너희들은 분명 무엇이긴 하지 않느냐?

발레리오 폐하께서 그렇게 명령하신다면요.

그런데 여러분, 이제 거울들을

벽 쪽으로 돌려 달아주십시오.

여러분의 번쩍거리는 단추들은 좀 가려 주시고요.

그리고 제가 여러분 눈 속에 비칠 정도로

그렇게 저를 빤히 쳐다보지 말아 주세요.

안 그러면 제가 진짜 누구인지 저도 정말 모르겠습니다.

페터 이 사람은 나를 혼란스럽게 만드는군.

절망에 빠지게 해.

온통 뒤죽박죽이야.

발레리오 하지만 사실 저는 존경하는 고귀한 손님들께

알려 드릴 심산이었습니다.

이로써 세계적으로 유명한 로봇 인간 둘이 도착했으며,

저는 어쩌면 세 번째이자 이들 중

가장 특이한 로봇이라는 사실을 말씀입니다.

만일 제자신이 누군지 제가 정말로 알고 있다면요.
이 사실에 대해 놀라지 않으셨으면 합니다.
왜냐하면 저도 제가 무슨 말을 하는지
전혀 모르고 있거든요.
게다가 제가 그것을 모른다는 것도 정말 모릅니다.
결국 사실인 것은 사람들이
저를 그냥 이렇게 말하게 둔다는 것입니다.
그리고 사실 이 모두를 말하는 것은
기계적인 로봇의 일부일 뿐입니다.
(그르렁거리는 목소리로) 보십시오, 신사 숙녀 여러분,
여기 성별이 다른 둘이 있습니다.
남자와 여자, 신사와 숙녀입니다.
인공제품이고 기계장치일 뿐이죠.
판지 덮개와 시계태엽에 불과합니다.
이 둘은 오른발 새끼발가락 아래 루비로 만든
섬세하고도 섬세한 태엽이 있습니다.
이걸 살짝 누르면 기계장치는
꼬박 50년 동안 돌아갑니다.
이 인간들은 완벽하게 만들어져서,
그냥 판자 덮개로 만들어졌다는 걸 모른다면,
다른 인간과 전혀 구분이 안 될 정도입니다.

사실 이들을 인간 사회의 일원으로
받아들일 수도 있을 정도입니다.
이들은 아주 고상합니다.
표준 독일어를 말하기 때문입니다.
아주 도덕적이지요.
종이 칠 때 일어나서, 종이 칠 때 점심을 먹고,
종이 칠 때 잠자리에 들기 때문입니다.
또 이들은 소화도 잘 시킵니다.
이것은 이들이 훌륭한 선악 의식을
가졌다는 것을 증명하는 것이죠.
이들은 섬세하고 윤리적인 감정을 지녔습니다.
이 숙녀는 바지라는 뜻을 가진 낱말도 모릅니다.
이 신사에게는 계단을 오를 때 여자 뒤를 따라가거나
여자보다 앞서 내려가는 것은 상상도 못할 일입니다.
이들은 아주 교양이 있습니다.
이 숙녀는 모든 새로운 오페라를 다 부를 줄 알고
신사는 커프스를 달고 있기 때문입니다.
신사 숙녀 여러분, 주의하세요.
이들은 지금 흥미로운 단계에 있습니다.
사랑의 메카니즘이 발동되기 시작했거든요.
이 신사는 벌써 몇 차례 이 숙녀에게 숄을 걸쳐 주었지요.

숙녀는 몇 차례 눈을 돌리며 하늘을 쳐다보았어요.

둘은 벌써 몇 번이나 속삭였지요.

믿음, 사랑, 소망을요!

둘은 이미 완전히 생각의 일치를 본 것 같아요.

이제 아주 짧은 말만 남았어요.

아멘이라는 말만요.

페터 (손가락을 코에 갖다 대고) 초상화로?

초상화로 하면 어떨까?

의장, 만일 한 인간을 초상화로 교수형 시킨다면,

그 사람을 진짜로 매다는 것과 똑같은 것 아닐까?

의장 죄송합니다, 폐하, 그게 훨씬 더 나을 겁니다.

그렇게 하면 그 사람은 매달리면서

고통을 당하지 않을 것이고,

그럼에도 교수형은 당할 테니 말입니다.

페터 이제 됐어.

우리 초상화로 결혼식을 올리자.

(레옹스와 레나를 가리키면서) 저게 왕자고, 저게 공주야.

나는 내 결정을 관철시키고, 즐기겠어.

종을 울려라, 그대들은 제대로 축사를 하라,

궁정목사 빨리 오시오!

(궁정목사 앞으로 걸어 나간다.

헛기침을 하고, 하늘을 몇 번 쳐다본다.)

발레리오 시작하라!

그대의 저주받은 얼굴은 내버려두고 시작하라!

자, 어서!

궁정목사 (몹시 당황해서) 만일 우리가, 아니면, 그러나…….

발레리오 때문에,

궁정목사 왜냐하면…….

발레리오 천지창조 이전에,

궁성목사 그게…….

발레리오 하나님이 심심해서,

페터 여보게, 그냥 짧게 하게.

궁정목사 (정신을 차리고)

포포 왕국의 레옹스 왕자님과 피피 왕국의 레나 공주님,

두 분이 서로를 원하시옵기에,

두 분께서는 큰 소리로 똑똑히 들리도록

"예"라고 대답해주십시오.

레나와 레옹스 예.

궁정목사 그럼, 아멘.

발레리오 잘하셨습니다.

짧고 간결했습니다.

그래서 남자와 여자가 이렇게 창조되었을 겁니다.

그리고 낙원의 모든 동물들이 그들의 주변에 서 있습니다.

(레옹스가 가면을 벗는다.)

모두   왕자님이시다!

페터   왕자! 내 아들이잖아!

내가 졌다, 내가 속았어!

(공주에게로 간다.)

이 사람은 누구냐? 다 무효라고 선포시키겠다.

보모   (공주의 가면을 벗긴다. 의기양양하게) 공주님이십니다!

레옹스   레나?

레나   레옹스?

레옹스   아 레나, 난 우리가 낙원으로 도망쳤던 거라고 생각해요.

속았어요.

레나   속았어요.

레옹스   오 우연이여!

레나   오 하늘의 뜻이여!

발레리오   웃음이 나오네, 정말 웃음이 나와.

두 분은 정말 우연으로 서로의 것이 되었군요.

두 분이 우연에게 호의를 베푸시며,

서로에게 호의를 갖기 바랍니다.

보모	이 늙은 두 눈이 이런 광경을 보게 될 줄이야!
	방랑하는 왕자라니!
	이제는 편안히 눈을 감을 수 있어!
페터	얘들아, 난 감동 받았다.
	감격해서 어쩔 줄 모르겠구나.
	나는 제일 행복한 사람이야!
	이로써 엄숙히 너의 손에 정권을 이양하는 바이다.
	아들아.
	난 이제 곧 아무 방해도 받지 않고
	생각하는 일만을 시작하련다.
	아들아, 이 현자들은 내게 넘겨라.
	(그는 추밀원을 가리킨다.)
	이들이 감격해 있는 나를 보좌해 주도록 말이다.
	여러분 이리 오시오.
	우리는 생각해야만 하오,
	방해받지 않고 생각해야만 하오.
	(추밀원 고문들과 사라진다.)
	저 사람이 조금 전에 혼란스럽게 했어.
	다시 정신을 차려야 해.
레옹스	(남아 있는 사람들에게) 여러분,
	내 아내와 나는 여러분이 오늘 이렇게

오래 직무에 임해준 것에 대해 심심한 유감을 표하오.
여러분의 자세가 너무 애처로워서
우리는 여러분의 의연함을 더 이상 시험하고 싶지 않소.
이제 집으로 돌아들 가시오.
하지만 여러분의 연설, 설교, 시를 잊지는 마시오.
왜냐하면 내일 우리는 아주 평온하고 느긋하게
이 장난을 다시 한 번 더 처음부터 시작할 참이니까요.
잘 가시오!

(모두 사라진다. 레옹스, 레나, 발레리오와 보모만 남는다.)

레옹스 자, 레나. 이제 보이죠, 우리 주머니가 가득 찬 게,
인형이랑 장난감으로 꽉 찬 것이 보이죠?
이걸로 우리 뭘 할까요?
여기에 콧수염을 달아 주고 칼을 채워 줄까요?
아니면 연미복을 입혀서
소인국의 정치와 외교를 하게 시키고
우리는 그 옆에서 현미경을 들고 앉아 있을까요?
아니면 휴대용 손풍금을 원해요?
우유처럼 하얗고 미적으로 생긴 쥐들이 위에서 춤추며
뛰노는 손풍금 말이에요.

우리 극장을 세울까요?

(레나가 그에게 기대며 고개를 젓는다.)

하지만 당신이 뭘 원하는지 내가 더 잘 알아요.

우리 시계란 시계는 다 부숴 버립시다.

달력은 모두 금지시키고,

그저 꽃시계에 따라 꽃이 피고 열매가 맺는 것에 따라

시간이 가고 달이 가는 걸 세어봅시다.

그런 뒤 우리 이 작은 나라를 오목거울로 에워쌉시다.

그러면 더 이상 겨울은 없을 거고 여름에는

이스키아 섬과 카프리 섬처럼 따뜻할 겁니다.

1년 내내 장미와 제비꽃,

오렌지와 월계수 사이에서 묻혀 살겠지요.

발레리오 그러면 저는 장관이 되어 법령을 공포할 겁니다.

손에 못이 박힌 자는 법적인

권리 행사의 제한을 받을 것이며,

병이 나도록 일하는 자는 형사 처벌을 받을 것이다.

얼굴에 땀을 흘리며 빵을 먹는 것을 자랑하는 자는

정신 이상자이고,

인간 사회에 위험한 인물이라고 단언할 것이다.

이렇게요.

그런 다음 우리 그늘에 누워 하나님께

마카로니와 멜론과 무화과를 달라고 빌어보죠.
음악적인 목소리와 고전적인 몸매,
그리고 편안한 종교를 주십사 기도를 합시다요!

렌즈

1월 20일에 렌츠는 산으로 갔다. 산봉우리와 고지대의 벌판은 눈에 덮여 있었고 골짜기 아래로는 회색 돌멩이들과 푸른 초원, 바위, 그리고 전나무 숲이 펼쳐져 있었다. 날은 습하고 추웠으며 골짜기를 졸졸 흐르는 물이 바위 아래를 지나 길 위로 튀어 올랐다. 전나무 가지들은 습기를 머금어 무겁게 늘어져 있었다. 하늘에는 잿빛 구름이 가득했고, 덤불 사이로는 안개가 자욱이 피어올랐다. 렌츠는 무심히 길을 걸었다. 그는 때로는 오르막길을, 때로는 내리막길을 거침없이 걸었다. 피곤하다는 느낌은 전혀 없었지만 물구나무서서 걸을 수 없다는 것이 가끔 불편했다. 돌멩이가 발에 채이고 잿빛 숲이 아래쪽에서 흔들릴 때, 그리고 안개가 그 숲을 삼켰다가, 곧 거대한 모습을 반쯤 드러내 보일 때, 렌츠는 처음에는 가슴이 답답했다. 그는 가슴속에서 치밀어 오르는 그 무엇으로 마치 잃어버린 꿈을 찾듯이 뭔가를 찾았으나 아무것도 발견하지 못했다. 그에게는 모든 것이 너무 작고, 너무 가깝고, 너무 젖어 있어서 지구를 난로 뒤로 옮겨 놓고 싶을 정도였다. 언덕 하나를 넘어 어떤 지점에 이르기까지 그렇게 많은 시간이 걸렸다는 것을 그는 이해할 수 없었다. 그는 몇 걸음만 걸어보면 소요 시간을 예측할 수 있어야 한다고 생각했었던 것이다.

가끔씩 거친 바람이 구름을 골짜기 속으로 몰아넣어 숲속 가득 구름이 피어올랐다. 그리고 잠잠하던 바위들 곁에서 멀리 사라져 가는 천둥 같은 소리가 나기도 하고 맹렬한 울림이 들려오기도 했다. 마치 지구를 찬양하는 열렬한 환호성 같은 소리였다. 구름은 야생마처럼 몰려왔고, 그 틈새로 햇빛이 새어 나와 번쩍이는 칼을 눈 덮인 들판에 휘둘렀다. 밝고 눈부신 빛이 산봉우리에서 골짜기를 갈랐다. 거친 바람이 구름을 아래쪽으로 몰아가서 푸르스름한 호수를 휘젓다가 점점 기세가 약해져 사라지고, 저 아래 좁은 골짜기 깊은 곳으로부터, 전나무들의 우듬지로부터, 자장가 같고 종소리 같은 음향이 들려왔다. 짙푸른 곳에서 연붉은색이 안개처럼 피어오르고, 조각구름은 은빛 날개를 저으며 지나갔다. 모든 산봉우리는 날카롭고 굳센 모습으로 대지 너머 멀리까지 빛을 발산하고 있었다.

렌츠의 가슴은 찢어질 것 같았다. 그는 가던 길을 멈추고 서서

숨을 헐떡였다. 눈을 크게 뜬 채 몸은 앞쪽으로 굽었고 입도 크게 벌어져 있었다. 거센 바람을 몸 안으로 맞아들이고, 모든 것을 품어야 할 것만 같았다. 그는 몸을 쭉 뻗고 땅 위에 누웠다. 우주 속으로 헤치고 들어갔다. 고통이 기쁨이 되었다. 그는 조용히 몸을 일으켜 머리를 습지에 밀어 넣고 두 눈을 반쯤 감았다. 그런 다음에 다시 머리를 습지에서 멀리 떼었다. 그의 발 아래 지구가 점점 사라져서 마치 유랑하는 별처럼 작아졌다. 그는 쏴쏴 소리를 내며 흐르는 물속에 몸을 담갔다. 맑은 물살이 그의 아래로 흘러갔다. 그러나 그것은 잠시 동안이었다. 그는 정신이 맑아져서 조용히 몸을 일으켰다. 마치 한바탕 그림자놀이라도 한 것처럼, 아무것도 기억에 남아 있는 것이 없었다.

저녁 무렵에 그는 산꼭대기에 도착했다. 그곳은 눈밭이었다. 거기에서 다시 서쪽 평지로 내려가는 길이 있었다. 그는 잠시 앉았다. 저녁 무렵이라 더욱 고요한 분위기였다. 하늘의 구름은 움직이지 않고 제자리를 지키고 있었다. 멀리 보이는 것은 산봉우리들뿐이었다. 그곳으로부터 시작된 넓은 평지가 아래로 펼쳐져 있었다. 모든 것이 고요했고 잿빛이었다. 땅거미가 깔리고 있었다. 갑자기 소스라치게 외로웠다. 그는 혼자였다. 완전히 혼자였다. 그는 자기 자신과 대화를 하려고 했다. 그러나 그럴 수 없었다. 숨도 제대로 쉴 수 없었다. 발을 구부리는 소리가 마치 그의 몸 아래에서 나는 천둥소리라도 되는 듯 들렸다. 그는 앉아야만 했다. 이 공허한 곳에서 알 수 없는 두려움이 그를 덮쳤다. 그는 허공에 있었다. 결국 자리에서 벌떡 일어나 언덕을 나는 듯이 내려갔다. 주변은 깜깜해졌다. 하늘과 땅이 섞여 하나가 되었다. 마치 뭔가 그의 뒤를 바짝 따라오고, 인간이 견딜 수 없는 어떤 무시무시한 것이 그를 덮치려는 것 같았다. 광기가 말을 타고 그를 뒤쫓는 것 같았다. 드디어 그는 사람들의 목소리를 들었다. 불빛이 보였다. 마음이 가벼워졌다. 슈타인탈의 발트바흐까지는 아직 30분 정도 더 가야 한다고 했다. 그는 마을을 지나쳐 갔다. 창문에서 불빛이 새어 나왔다. 그는 지나가면서 안을 들여다보았다. 테이블에 앉아 있는 아이들, 노파들, 처녀들, 모두 조용하고 평온한 얼굴들이었다. 그 얼굴들에서 빛이 발산되는 것 같았다. 마음이 편안해졌다.

그는 곧 발트바흐의 목사관에 도착했다. 사람들이 테이블에 앉아 있었다. 그는 안으로 들어갔다. 그의 금발 곱슬머리가 창백한 얼굴로 흘러내렸다. 눈과 입 언저리가 실룩거렸다. 그의 옷은 찢겨져 있었다. 오벌린이 그를 반갑게 맞이했다. 오벌린은 렌츠가 일꾼인 줄 알았다. "처음이군요. 어서 오세요." "저는 카우프만의 친구입니다. 안부를 전해 달라고 하더군요." "실례지만 성함이 어떻게 되십니까?" "렌츠입니다." "하, 하, 하, 댁의 책이 출판되지 않았던가요? 그 이름으로 출판된 희곡을 몇 편 읽은 것 같은데요?" "예. 그렇지만 그 작품으로 저를 평가하지는 말아 주세요."

그들은 계속 대화를 나누었다. 그는 할 말을 생각해 내어 대화를 이어갔지만 고통스러웠다. 하지만 시간이 흐르면서 점차 마음의 안정을 찾았다. 방과 평온한 얼굴들이 눈에 들어오기 시작했다. 모든 빛이 머물러 있는 것 같은, 밝고 호기심 가득한 아이의 얼굴이 친근감 있게 그를 바라보고 있었다. 그 뒤쪽 어두운 곳에는 어머니가 천사처럼 조용히 앉아 있었다.

그는 자기 고향에 대해서 이야기하기 시작했다. 고향 사람들의 갖가지 옷차림을 그림으로 그리며 설명했다. 사람들이 관심을 보이며 그의 주변으로 다가왔다. 그는 곧 분위기에 적응했고 편안함을 느꼈다. 그의 창백했던 얼굴은 이제 미소를 머금었고 그의 이야기는 활기를 띠었다. 그는 참으로 평온해졌다. 마치 잊힌 얼굴들, 익숙했던 모습들이 어둠 속에서 다시 나타나는 것 같았다. 옛날 노래들이 떠올랐다. 그는 멀고 먼 과거에 대한 회상에 잠겼다. 마침내 가야 할 시간이 되었다. 그는 안내자를 따라 길을 건너갔다. 목사관은 너무 비좁았기 때문에 그는 학교에 있는 방 하나를 사용하게 되어서 숙소가 있는 곳으로 올라갔다. 위쪽은 추웠다. 넓은 방이 하나 비어 있었고 뒤쪽에 높은 침대가 있었다. 그는 램프를 테이블 위에 놓고 방 안을 이리저리 거닐면서 그날 하루의 일을 생각해 보았다. 어떻게 이곳에 왔는지, 어디를 거쳐 왔는지 돌이켜 생각해 보았다. 불빛과 다정한 얼굴들이 있던 목사관의 방을 떠올려 보았다. 마치 그림자 같았고 꿈같았다. 그리고 그는 다시 산꼭대기에 있을 때처럼 공허함을 느꼈다. 그러나 그는 그것을 무엇으로도 채울 수 없었다. 불은 꺼졌고 어둠이 모든 것을 삼켜버렸다.

알 수 없는 불안이 그를 덮쳤다. 그는 벌떡 일어나 방을 가로질러 계단을 내려와 건물 앞으로 나왔다. 그러나 아무 소용없었다. 모든 것이 암흑에 묻혀 있는, 무의 세계였다. 자기 자신이 하나의 꿈인 것 같았다. 그는 획 스쳐가는 몇 가지 생각들을 꽉 붙잡았다. 항상 "하나님 아버지"라고 말해야 할 것 같았다. 그는 더 이상 버틸 수 없었다. 자기 자신을 구해야 한다는 희미한 본능에 그는 돌에 몸을 부딪치기도 하고 손톱으로 자신을 쥐어뜯기도 했다. 고통이 그에게 의식을 되돌려 주기 시작했다. 그는 우물가의 돌로 된 저수조에 뛰어들었다. 물은 깊지 않았다. 그는 물속에서 첨벙거렸다. 그때 물소리를 들은 사람들이 와서 그를 불렀다. 오벌린도 달려왔다. 렌츠는 다시 제정신으로 돌아와 모든 상황을 명료하게 인식했다. 그는 다시 마음이 가벼워졌으나 이제는 부끄러웠다. 그리고 이 선량한 사람들에게 걱정을 끼쳤다는 사실에 대해서 마음이 무거워졌다. 그는 찬물로 목욕하는 것이 습관이 되어서 그렇다고 사람들에게 말하고는 다시 방으로 올라갔다. 노곤한 몸으로 그는 드디어 잠이 들었다.

다음 날은 무사히 잘 지나갔다. 오벌린과 함께 말을 타고 골짜기를 걸었다. 고지대의 넓은 들판이 산봉우리에서 좁고 구불구불

한 계곡 쪽으로 펼쳐져 있었다. 계곡은 여러 갈래로 나뉘어 산줄기를 타고 위로 올라가고 있었다. 커다란 바위들이 산 아래쪽으로 늘어서 있었고, 숲은 듬성듬성 잿빛의 심각한 흔적을 남기고 있었다. 서쪽으로는 들판이 보였고 겹겹의 산들이 남북 방향으로 이어져 있었다. 그 봉우리들은 제각기 위용을 뽐내며 장엄하거나 과묵한 모습으로 마치 여명의 꿈처럼 솟아 있었다. 가끔씩 강렬한 빛이 골짜기에서 금빛 물결처럼 뻗어 나왔다. 가장 높은 산봉우리에 걸려 있던 구름이 서서히 숲을 따라 아래 골짜기 속으로 내려가기도 하고, 햇빛 속에서 떠다니는 은빛 실오라기처럼 너울거리기도 했다. 아무 소리도 들리지 않았고 어떤 것도 움직이지 않았다. 새 한 마리도 없었다. 때로는 가까이서, 때로는 멀리서 부는 바람만 있을 뿐이었다. 얼기설기 엮어 지은 오두막과 짚으로 덮인 널빤지들이 군데군데 보였다. 모두 무거운 검은색이었다.

오벌린과 렌츠가 말을 타고 지나갈 때 사람들은 계곡의 고요를 깨뜨리기라도 할까 봐 말없이 인사를 건넸다. 오두막 안의 분위기는 매우 활기찼다. 사람들은 오벌린 주위로 몰려왔고, 오벌린은 이들을 나무라기도 하고 조언도 하고 위로도 해 주었다. 그들의 시선에는 신뢰가 가득했다. 기도가 끝난 후 사람들은 꿈에 대해서, 예감에 대해서 이야기했다. 그러고는 재빠르게 현실의 삶으로 돌아와서 마을에 길을 내고 도랑을 파고 학교를 방문했다. 오벌린은 지칠 줄 몰랐다. 렌츠는 때로는 같이 대화를 하고, 때로는 같이 일을 하기도 하고, 또 가끔은 함께 자연 속으로 침잠하기도 하면서 계속 그를 따라다녔다. 렌츠에게는 이 모든 것이 평안과 안정을 주는 효과가 있었다. 그는 자주 오벌린의 눈을 들여다보았다. 고요한 자연, 깊은 숲속에서, 그리고 달 밝은 감미로운 여름밤에 우리를 사로잡던 그 위대한 고요가 오벌린의 고요한 눈 속에서, 신성하고 엄숙한 얼굴에서 더욱 뚜렷하게 모습을 드러내는 것 같았다. 그는 수줍어했지만 이런저런 말을 계속 했고, 오벌린은 그와 이야기하는 것을 아주 유쾌하게 생각했다. 특히 렌츠의 기품 있어 보이면서 어린아이 같은 얼굴을 바라보면 매우 즐거웠다.

그러나 햇살이 계곡을 비추는 동안에만 렌츠는 괜찮았다. 저녁 무렵에 또 이상한 불안감이 그를 덮쳤다. 그는 태양을 뒤따라 달려가고 싶었다. 사물들이 점점 어둠에 묻히자 그에게는 모든 것이 꿈같고 혐오스럽게 느껴졌다. 어둠 속에서 잠을 청해야 하는 어린이가 갖는 것 같은 두려움이 그에게 몰려왔다. 마치 자신의 눈이 먼 것 같은 느낌이 들었다. 두려움은 점점 커졌고 광기의 악령이 그의 발에 달라붙었다. 모든 것이 꿈인 듯 절망적인 생각들이 그에게 다가왔다. 그는 손에 닿는 것은 무엇이든 붙잡았다. 형상들이 빠른 속도로 그를 스쳐 지나갔다. 붙잡으려고 했으나 모두 그림자들이었다. 생기가 점점 없어지고 사지는 굳어 갔다. 그는 말을 했고, 노래를 불렀고, 셰익스피어의 몇 구절을 암송해 보았다.

평소에 혈액 순환을 빠르게 해주었던 모든 것을 시도해 보았다. 그러나 그의 몸은 점점 차가워졌다. 그는 밖으로 나갈 수밖에 없었다. 눈이 어둠에 익숙해지자 밤이 흩뿌려 놓은 얼마 안 되는 빛이 그를 좀 나아지게 했다. 그는 물통 속으로 뛰어들었다. 물의 짜릿한 느낌이 그를 더 나아지게 했다. 병을 앓고 싶다는 생각이 슬며시 들었다. 그는 소리가 나지 않도록 최대한 조용히 목욕을 했다. 그가 삶 속으로 깊이 들어가면 들어갈수록 점점 더 마음이 평온해졌다.

그는 오벌린이 하는 일을 도우면서 그림도 그리고 성경도 읽었다. 지나가 버린 과거의 희망들이 다시 떠올랐다. 신약 성경이 마음에 와닿았다. 오벌린이 그에게 보이지 않는 손이 다리 위에서 그를 붙들었던 이야기, 높은 곳에서 어떤 광채가 그의 눈을 멀게 했던 이야기, 어떤 목소리가 들려왔고 밤에 그 목소리와 대화를 나누었고 그리고 하나님이 그토록 가까이에 나타났던 이야기를 들려주었다. 그래서 무엇을 해야 할까를 알기 위해서 어린아이처럼 제비를 뽑았었다는 이야기였다. 신앙, 삶 속에서의 영원한 하늘, 하나님의 존재에 대한 이야기들이었다. 그때 비로소 렌츠의 마음속에서 성경 말씀이 새롭게 떠올랐다. 이 사람들에게는 자연이 얼마나 가까이 다가와 있는 것일까. 하늘의 모든 신비로움은 위압적인 것이 아니라 친근한 것이었다.

어느 날 아침 그는 밖으로 나갔다. 밤사이에 눈이 내려 계곡은 밝은 햇빛으로 반짝이고 있었다. 그러나 멀리 보이는 풍경은 안개로 반쯤 덮여 있었다. 그는 곧 길을 벗어나 야트막한 언덕으로 올라갔다. 발자국은 어디에도 보이지 않았다. 전나무 숲을 지나갔다. 햇살이 반짝이는 눈을 베어내고 있었다. 눈은 가볍고 솜털 같았다. 눈 위 여기저기에 야생 동물들이 지나간 흔적이 산속을 향해 희미하게 남아 있었다. 부드러운 바람 소리와 꽁지에 묻어 있는 눈을 가볍게 털어내는 새소리 외에는 어떤 소리나 움직임도 없었다. 모든 것이 조용했다. 멀리 보이는 나무들은 짙푸른 대기 속에서 하얀 깃털로 날갯짓을 하는 듯했다. 그는 점차 편안한 느낌이 들었다. 가끔은 우렁찬 목소리로 말을 걸어오는 것 같던 단조롭고 드넓은 평야와 능선들이 오늘은 안개와 눈에 덮여 모습을 감추고 있었다.

친숙한 크리스마스의 기분이 그를 감쌌다. 그는 나무 뒤에서 어머니가 나타날 것 같은 생각이 들었다. 내가 너에게 이 모든 것을 선물했노라고 말하는 위대한 어머니의 모습을 문득 상상해 보았다. 그는 산을 내려가면서 자기 그림자 주변을 빛의 무지개가 감싸고 있는 것을 보았다. 뭔가 그의 이마를 만지는 것 같았고 그에게 말을 거는 것 같았다. 그는 마을로 내려왔다. 오벌린은 방에 있었다. 렌츠는 유쾌한 기분으로 그에게 가서 설교를 한번 해보고 싶다고 말했다. "신학자이신가요?" "예!" "좋습니다. 다음 일요일에 해 보세요."

렌츠는 만족하여 자기 방으로 갔다. 그는 설교할 내용을 생각하며 명상에 잠겼다. 그렇게 여러 날 밤을 고요히 보냈다. 일요일 아침이 되었다. 눈이 녹는 따뜻한 날이었다. 흘러가는 구름 사이로 푸른 하늘이 보였다. 교회는 산 중턱 높은 곳에 있었다. 주변으로는 교회의 마당이 조성되어 있었다. 렌츠는 교회에 도착했다. 종이 울리고, 교회 신도들, 부인들과 처녀들이 근엄하게 보이는 검은 의상을 입고, 하얀 손수건을 곱게 접어서 찬송가 책 위에 얹고, 로즈메리 가지를 들고 바위들 사이의 좁은 길을 따라 여러 방향에서 오고 있었다. 한 줄기 햇빛이 가끔 계곡을 비췄고 온화한 바람이 서서히 불었다. 향기가 가득 느껴지는 풍경이었다. 멀리서 종소리가 들렸다. 모든 것이 조화로운 물결 속으로 녹아드는 것 같은 장면이었다.

교회 좁은 마당의 눈은 녹아 없어졌고 검은 십자가 아래에는 이끼류가 짙게 자라나 있었다. 늦게 핀 장미들이 교회 담장에 기대어 있었고 이끼 아래에도 철 늦은 꽃들이 피어 있었다. 가끔 햇빛이 나다가 다시 어두워지곤 했다. 예배가 시작되었다. 사람들 목소리가 순수하고 맑은 울림을 이루었다. 산중의 맑고 투명한 물속을 들여다보는 것 같은 느낌이 들었다. 찬송가가 끝나자 렌츠가 말을 시작했다. 그는 수줍어했다. 목소리가 떨렸다. 그의 모든 고통이 깨어나 가슴을 짓눌렀다. 그러나 어떤 무한한 행복감이 그를 감쌌다. 그는 사람들과 쉽게 이야기했다. 그들은 모두 그와 고통을 나누었다. 울어 지친 눈들에 잠을, 괴로운 마음에 안식을 가져다주고 물질적 결핍에 힘들어하는 존재들, 이들의 무감각해진 고통을 하늘로 이끌 수 있다는 생각에 그는 스스로 위안이 되었다. 설교를 마쳤을 때 그는 더욱 굳건해졌고, 교인들이 다시 찬송가를 부르기 시작했다.

나에게 성스러운 고통이 있게 하소서,
마음속 깊은 곳 샘물이 솟아나게 하소서.
고통은 모두 나의 응보이며,
고통은 나의 예배이니.

마음속 압박감과 음악, 그리고 고통이 그를 온통 흔들어 놓았다. 세상 모든 것이 그에게는 상처였다. 그는 깊고 형언할 수 없는 고통을 느꼈다. 이제, 다른 어떤 존재, 신적이고 실룩거리는 입술이 그의 위로 오더니 그의 입술을 빨았다. 그는 아무도 없는 그의 방으로 갔다. 그는 혼자였다, 혼자! 그때 샘물 소리가 들렸다. 두 눈에서 왈칵 눈물이 쏟아졌다. 그는 몸을 웅크렸고 사지에 경련을 일으켰다. 몸을 해체시켜야 할 것 같은 생각이 들었다. 이러한 환희의 끝을 알 수 없었다. 드디어 마음속에 여명이 밝아오고, 그는 자기 자신에 대해서 고요하고 깊은 연민을 느꼈다. 그는 자기 자신에 대해서 눈물을 흘렸다. 그의 머리가 가슴에 떨어졌고 그는 잠이 들었다. 하늘에는 보름달이 떠 있었다. 곱슬머리가 그의 관자놀이와 얼굴로 흘러내려왔다. 속눈썹에는 눈물이 아직 맺혀 있었지만, 뺨으로 흘렀던 눈물은 이미 마르고 없었다. 그는 혼자 누웠다. 적막하고 추웠다. 달은 밤새도록 산 위에서 빛나고 있었다.

그는 다음 날 아침 숙소에서 내려와 오벌린에게 간밤에 어머니가 나타났었다고 차분하게 이야기했다. 어머니는 하얀 옷을 입고 어두운 교회 담장 쪽에서 걸어왔으며 가슴에 하얀 장미 한 송이와 붉은 장미 한 송이를 달고 있었다고 이야기했다. 그리고 어머니는 한쪽 모퉁이로 가서 쓰러졌는데 장미들이 서서히 어머니를 뒤덮으며 자라났다고, 어머니는 틀림없이 돌아가셨으며 자기는 그런 모든 상황에 대해서 아주 침착했었다고 이야기했다. 오벌린은 렌츠에게 다음과 같은 이야기를 들려주었다. 아버지가 돌아가셨을 때 들판에 혼자 있었는데 어떤 목소리를 듣고서 아버지가 돌아가셨다는 것을 알았다고, 그래서 집으로 가서 보니 정말로 아버지가 돌아가셨더라는 이야기였다.

오벌린과 렌츠는 계속 그런 이야기를 나누었다. 오벌린은 또 산속의 사람들에 대해서, 땅 밑에 있는 물과 금속을 느낄 수 있는 처녀들에 대해서, 그리고 산에서 정령에게 붙잡혀 싸웠던 남자들의 이야기를 들려주었다. 그는 또 자기가 언젠가 산에서 어떤 맑고 깊은 물속을 들여다보다가 일종의 몽유병 같은 것에 걸렸다고 말했다. 그러자 렌츠는 자기에게 언젠가 물의 정령이 머리 위로 다가왔었는데 그 독특한 존재감을 느낄 수 있었다고 말했다. 렌츠가 계속해서, 가장 단순하고 가장 순수한 자연은 본질적인 자연과 가장 밀접한 관계를 맺고 있으며 인간이 정신적인 것을 섬세하게 느끼면서 살면 살수록 이 본질적인 감각은 더욱 무뎌진다고 말했다. 그는 이 감각을 어떤 고도의 상태로 여기지는 않으며 그것은 독립적이지도 않다고 말했다. 그러나 그는 모든 형태의 고유한 삶과 접촉한다는 것, 즉 돌멩이나 금속 또는 물, 식물들과 영적인 대화를 나눈다는 것, 그리고 마치 꽃들이 달의 차고 기욺에 따라 대기를 받아들이듯이 자연 속의 모든 존재를 꿈결처럼 자기 자신 속으로 받아들이는 것은 일종의 무한한 희열임에 틀림없다고 생각했다.

그는 혼잣말을 하듯이 계속 말했다. 천지 만물에는 말로 표현할 수 없는 조화와 색조, 행복이 깃들어 있다. 이것은 더 많은 기관을 가진 고차원적인 형태로, 자기 자신으로부터 두드러져 나와 색조를 내기도 하고 다른 대상을 이해하기도 한다. 그러나 그 대신에 속 깊은 곳에서는 고통을 겪는다. 저차원적인 형태에서는 모든 것이 수축되고 제한되지만 대신에 자체 내의 평안은 더 크다. 렌츠가 그런 이야기를 계속 늘어놓자 오벌린이 그의 이야기를 끊었다. 그런 이야기는 단순한 오벌린에게는 너무 이해하기 힘든 것이었다. 그 후 언젠가 오벌린이 렌츠에게 색채판을 보여

주었다. 그는 각각의 색깔이 인간과 어떤 관계를 맺고 있는가를 렌츠에게 설명해 주었다. 그는 12사도를 예로 들어 그들 모두 각각 하나의 색깔로 대표된다고 말했다. 렌츠는 그것을 이해했다. 그는 그것을 계속 골똘히 생각하다가 악몽까지 꾸었다. 그리고 그는 슈틸링*처럼 묵시록을 읽기 시작했고 성경 이곳저곳을 많이 읽었다.

이 무렵에 카우프만이 약혼녀와 함께 슈타인탈로 왔다. 처음에 렌츠는 별로 반갑지 않았다. 그는 여기에 잘 적응하여 정말 소중한 평온을 찾았는데, 자기 처지를 잘 알고 있고 과거의 많은 것을 기억나게 하는 사람을 만나서 이야기를 해야 한다는 것이 탐탁지 않았던 것이다. 오벌린은 아무것도 몰랐다. 그는 렌츠를 받아들여서 보살폈다. 불쌍한 사람을 그에게 보내준 것은 하나님의 뜻이라고 생각하여 렌츠를 진정으로 사랑했다. 그리고 모든 마을 사람들도 렌츠가 마치 이미 오래 전부터 그곳에 있었던 것처럼 그들의 일부가 되어 그곳에 있는 것을 당연하게 여겼다. 아무도 렌츠가 어디에서 왔고 어디로 가는지 묻지 않았다. 식사 때 렌츠는 다시 기분이 좋아졌다. 사람들은 문학에 대해서 이야기했고, 문학은 렌츠의 전문 분야였다.

---

*   의사이자 경제학자이며 작가인 요한 하인리히 융-슈틸링 (1740-1817)을 말한다.

당시는 이상주의 시대가 시작되던 때였는데, 카우프만은 이상주의의 신봉자였고, 렌츠는 격렬하게 반대했다. 그는 말했다. 현실을 재현한다는 작가들은 사실 아무것도 모른다. 그러나 정말 참아줄 수 없는 자들은 현실을 미화시키려는 작가들이다. 하나님은 세상을 마땅히 존재해야 하는 상태로 잘 만들었다. 우리가 뭔가를 더 좋게 할 수는 없다. 우리가 기울여야 할 유일한 노력은 하나님을 조금이라도 모방하는 것이다. 나는 모든 것에 생명, 즉 현존재의 가능성이 있기를 바란다. 그것으로 족하다고 생각한다. 그러면 우리는 그것이 아름다운지, 추한지 물을 필요가 없다. 무엇인가 창조되었고 생명을 갖고 있다는 느낌은 아름다움과 추함의 너머에 있다. 그리고 그 느낌이 예술 작품의 유일한 판단 기준이다.

  그러나 그런 작품을 만나게 되는 것은 매우 드문 일이다. 우리는 셰익스피어에게서 그런 작품을 발견하게 되고, 그것은 민요에서도 울려 퍼지며 괴테에게서도 가끔 발견된다. 다른 것들은 모두 불에 태워 버려도 좋다. 사람들은 개집도 그릴 줄 모른다. 사람들은 이상적인 인물을 원하는데 내가 본 것들은 모두 생명이 없는 나무 인형 같은 것들이었다. 이 이상주의는 인간의 본성에 대한 가장 비열한 경멸이다. 진정한 예술을 시도해 보아야 한다. 가장 사소한 것의 삶에 깊이 침잠해 보고, 그것을 떨림과 암시와 극히 섬세하여 좀처럼 눈치챌 수 없는 표정으로 재현해 보아야 한다.

실제로 렌츠는 자신의 작품 〈가정교사〉와 〈군인들〉에서 그런 시도를 했었다. 세상에는 참으로 무미건조한 사람들이 있다. 그러나 감각의 촉수는 거의 모든 사람들이 똑같다. 그것을 감싸고 있는, 깨뜨려야 할 덮개의 두께에 차이가 있는 것이다. 눈과 귀만 있으면 된다.

나는 어제 계곡을 따라 올라가다가 여자 두 명이 바위에 앉아 있는 것을 보았다. 한 명이 머리를 풀고 있는데 다른 한 명이 도와주고 있었다. 금발 머리가 늘어뜨려졌다. 진지하면서도 창백한 얼굴의 아주 젊은 여자였으며 검은 옷을 입고 있었다. 다른 여자는 아주 조심스럽게 그녀를 돕고 있었다. 옛날 독일 화가들의 아름답고 내면적인 그림에서는 거의 발견할 수 없는 정경이었다. 가끔은 이런 모습을 돌로 변화시켜 놓고 사람들에게 보여주기 위해서 메두사가 되고 싶어진다. 그들은 일어섰다. 그 아름다운 형상이 깨졌다. 그러나 그들이 바위 사이를 지나 산을 내려가는 모습은 또 다른 한 폭의 그림이었다. 더할 나위 없이 아름다운 모습의 풍성한 색조가 형성되었다가 해체되었지만, 그래도 단 하나 남아 있는 것이 있다. 그것은 하나의 형태에서 다른 형태로 바뀌면서 영원히 피어나는 무한한 아름다움이다. 물론 그것을 항상 붙잡아 놓을 수는 없다. 박물관에 전시하거나 악보로 옮겨서 사람들을 모아 그것에 대해서 지껄이게 하거나 감동하게 할 수도 없다. 각 개인이 갖고 있는 고유의 본질을 탐구하려면 인간을 사랑해야 한다. 그 누구도 하찮거나 추하게 여겨서는 안 된다. 그래야 비로소 인간을 이해할 수 있다. 아주 보잘것없는 얼굴이라도 아름다운 얼굴이 주는 단순한 느낌보다 더 깊은 감명을 줄 수 있다. 그리고 우리는 생명도 근육도 맥박도 없는 외면의 어떤 것을 모사해서 주입하지 않고 그러한 형상들이 스스로 모습을 드러내게 할 수 있다.

카우프만은 현실에서는 〈벨베데레의 아폴로〉나 라파엘의 〈마돈나〉 같은 형상을 찾을 수 없을 것이라고 렌츠를 비난했다. 렌츠는 대답했다. 거기에 담긴 것이 무엇일까, 고백하건대, 나는 거기에서 아무런 감동도 느끼지 못했다. 나는 작업을 할 때 뭔가를 느낀다. 그래서 나는 최선을 다한다. 나에게는 자연을 가장 현실적으로 보여주는 작가, 그래서 내가 그것을 통해서 어떤 감동을 빋을 수 있도록 해주는 작가가 가장 소중한 작가이다. 다른 모든 것은 방해가 될 뿐이다. 나는 네덜란드의 화가들이 이탈리아 화가들보다 더 마음에 든다. 그들은 내가 이해할 수 있는 유일한 화가들이다. 내가 아는 네덜란드 화가들의 그림은 단 둘뿐인데 나에게 마치 신약 성경 같은 감동을 주었다. 하나는, 누구의 작품인지는 모르지만, 〈예수와 엠마오의 제자들〉이었다. 성경에서 이 제자들이 길을 떠나는 장면을 읽어 보면 몇 구절 속에 자연이 완전하게 녹아 있다. 어둠이 깃든 흐린 날 저녁 지평선이 붉은빛 노을에 물들어 있고 거리는 어둑어둑할 때, 낯선 남자 한 명이 그들에게 온다. 그들은 이야기를 나눈다. 그가 빵을 떼어주자 그들은 그를 알아본다. 평범한 인간의 모습으로, 성스럽고 고통스러운 표정으로 그들에게 또렷하게 말을 한다. 그들은 깜짝 놀란다. 어둠 속에서 나타난 그의 모습에서 알 수 없는 어떤 기운이 느껴졌기 때문이다. 그러나 그것은 유령을 만났을 때 느낄 법한 공포는 아니었다. 마치 사랑하던 죽은 사람이 어둑어둑할 무렵에 옛날처럼 홀연 나타난 것 같은 느낌이었다. 그것은 단조로운 갈색의 우울하고 조용한 저녁 그림이었다.

다른 하나의 그림은 어떤 여인이 손에 기도서를 들고 방에 앉아 있는 그림이다. 그녀는 일요일에 교회에 갈 때처럼 잘 차려입고 있다. 바닥에 모래가 깔려 있는, 아늑하고 깨끗하며 따뜻한 방이다. 그녀는 교회에 갈 수 없었기 때문에 집에서 예배를 보는 것이다. 창문은 열려 있고 그녀는 창문 쪽을 향해 앉아 있다. 마치 마을의 종소리가 넓은 들을 지나 창문으로 들어오는 것 같았다. 근처 교회의 찬송가 소리가 은은히 들리는 가운데 그 여인은 성경을 읽고 있다.

이런 식으로 렌츠는 이야기를 계속 했다. 사람들이 그의 말에 귀를 기울였다. 많은 이야기를 했고 그는 이야기에 열중해 얼굴이 상기되었으며 가끔은 웃기도 하고 가끔은 진지하기도 했다. 그는 금빛 곱슬머리를 흔들며 자기 자신을 완전히 잊은 채 이야기를 계속했다. 식사 후에 카우프만이 그에게 조용히 말했다. 그의 아버지로부터 편지를 받았는데 돌아와서 아버지를 도우라는 내용이었다는 것이다. 카우프만은 렌츠에게 이곳에서 인생을 낭비하면서 헛되이 보내지 말고 목표를 세우라고 말했다. 렌츠는 카우프만에게 소리쳤다. "떠나? 여기를 떠나라고? 집으로 가라고? 가서 미쳐 버리라고? 자네도 알잖아. 나는 여기 이곳을 떠나서는 어디에서도 살 수 없어. 가끔 산에 올라가 마을을 내려다보고, 그리고 다시 산을 내려와 정원을 걸으며 창문을 들여다보곤 하는데, 그걸 할 수 없다면 나는 미칠 거야, 미쳐 버리고 말 거야! 나를 내버려둬! 이제 겨우 안정을 찾고 좀 편안해졌단 말이야! 그런데 여기를 떠나라고? 이해할 수 없어. 여기를 떠나라는 말은 내 세계를 파괴하는 말이야. 누구에게나 꼭 필요한 것이 있는 법이지. 안식을 취할 수 있다면, 더 갖고 싶은 것이 무엇이 있겠는가? 항상 위로 올라가고 싸우고 그렇게 영원히, 순간이 주는 모든 것을 버린 채 한 번 즐기기 위해서 항상 궁핍으로 괴로워하고, 맑은 샘물이 길에 넘치는데도 갈증을 겪으며 사는 삶을 나는 살고 싶지 않아. 지금 이곳은 살 만하네. 그래서 나는 여기 머무를 거야. 왜? 왜냐고? 방금 말했듯이 편안하니까. 내 아버지는 무엇을 원하시는가? 아버지가 더 많은 것을 줄 수 있을까? 불가능해! 나를 내버려 두게." 그의 어조는 거칠어졌고, 카우프만이 간 후에도 그는 기분이 풀어지지 않았다.

다음 날 카우프만은 떠나려고 했다. 그는 오벌린에게 같이 스위스로 가자고 말했다. 오랫동안 편지로만 알고 지내던 라바터*를 직접 만나고 싶은 생각에 오벌린은 그렇게 하기로 했다. 여행 준비를 하느라 하루 더 머물러야 했다. 렌츠의 마음은 무거워졌다. 그는 자신의 끝없는 고통으로부터 벗어나기 위해서 모든 일에 세심하게 집착했었다. 모든 것을 제대로 잘 처리하고 있는 것 같은 감정을 순간마다 깊이 느꼈다. 그는 자기 자신을 마치 병든 아이 대하듯 했다. 그는 가장 큰 불안에 싸여 다른 여러 가지 상념들과 강렬하게 젖어드는 감정들을 떨쳐버렸다. 그러나 그것들은 더욱 막강한 힘으로 그를 덮쳤고 그는 온몸을 떨었다. 머리털이 거의 곤두섰다. 그는 극도의 긴장 속에서, 항상 눈앞에서 어른거리는 하나의 형상과 오벌린을 생각하며 이런 상황을 이겨냈다. 오벌린이 하는 말을 들으며 얼굴을 보고 있으면 그는 무한한 평온을 느꼈다. 그랬기 때문에 그는 불안한 마음으로 오벌린이 떠나기를 기다렸다.

집에 혼자 있다는 것은 렌츠에게는 힘든 일이었다. 날씨는 포근해졌다. 그는 오벌린을 산속까지 바래다주기로 결심했다. 산 너머 골짜기가 평지로 이어지는 곳에서 그들은 작별했다. 그는 혼자 되돌아가면서 이리저리 산속을 돌아다녔다. 넓은 들이 골짜

---

*   스위스의 신학자이며 작가인 요한 카스파 라바터(1741-1801)를 말한다.

기를 향해 펼쳐져 있었다. 숲은 별로 없었고, 뚜렷한 능선과 멀리 안개 낀 평야가 보였다. 거센 바람이 불고 있었고 그 어디에도 사람의 흔적은 없었다. 목동들이 여름을 보냈던 오두막이 여기저기 비탈에 기대어 있는 모습이 쓸쓸하게 보였다. 렌츠의 마음은 고요해졌다. 거의 꿈을 꾸는 듯했다. 오르내리는 물결처럼 하늘과 땅 사이에서 모든 것이 용해되어 하나의 선이 되는 듯했다. 마치 파도가 가볍게 넘실대는 끝없는 바닷가에 누워 있는 것 같은 기분이 들었다. 가끔 그는 가던 길을 멈추고 앉기도 하고, 다시 일어나서 꿈을 꾸듯이 천천히 걷기도 했다. 그는 길을 찾지 않았다. 그가 사람이 살고 있는 어떤 오두막에 도착했을 때는 어두운 저녁이었다. 슈타인탈을 향해 있는 언덕의 오두막이었다. 문은 잠겨 있었다. 그는 희미한 빛이 새어 나오는 창가로 갔다. 등불은 거의 한 곳만 밝히고 있었다. 그 불빛은 어떤 소녀의 창백한 얼굴을 비추고 있었다. 눈을 반쯤 감은 채 입술을 조금씩 움직이며 누워 있는 소녀였다. 멀리 떨어진 어둠 속에는 그르렁거리는 목소리로 찬송가를 부르는 노파가 앉아 있었다. 한참 동안 문을 두드리자 그 노파가 문을 열어주었다. 그녀는 반쯤 귀를 먹은 사람이었다. 렌츠에게 먹을 것을 주고 잠잘 곳을 알려주면서도 계속해서 찬송가를 불렀다. 소녀는 꼼짝도 하지 않았다. 잠시 후에 남자 한 명이 들어왔다. 그는 키가 크고 야윈 편이었다. 머리는 희끗희끗했고, 얼굴은 불안하고 당황스럽게 보였다. 그가 그 소녀에게로 다가가자 소녀가 놀라서 벌떡 일어나 어쩔 줄 몰라 했다. 그가 벽에 걸려 있던 마른 약초를 집어서 그녀의 손 위에 약초 잎들을 놓았다. 그러자 그녀는 평온을 되찾아 느릿느릿하고 갈라지는 목소리로 무슨 말을 중얼거렸다. 그 남자는 산속에서 어떤 목소리를 들었다고 말했다. 그리고 계곡 위쪽에서 번개가 치는 것도 보았는데 그 번개가 자기를 공격해서 야곱처럼 그것과 싸웠다고 말했다. 그리고 무릎을 꿇고 앉아 조용히, 열심히 기도했다. 병든 소녀는 느릿느릿 작은 음성으로 찬송가를 불렀다. 그 남자는 평온해졌다.

렌츠는 꿈을 꾸며 얕은 잠에 들었다. 그는 잠결에 시계가 째깍거리는 소리를 들었다. 소녀의 조용한 노랫소리와 노파의 목소리가 들렸고, 때로는 가까이서 혹은 멀리서 바람 소리가 들렸다. 때로는 밝은, 때로는 구름에 가려져 희미해진 달빛이 방 안을 몽롱하게 비추었다. 한번은 목소리가 커졌다. 소녀가 똑똑하게 단호하게 건너편 절벽 위에 교회가 있다고 말했다. 렌츠는 소녀를 바라보았다. 소녀는 눈을 크게 뜨고 테이블 뒤에 똑바로 앉아 있었다. 달빛이 그녀의 얼굴을 조용히 비춰 주고 있었는데, 얼굴에서 강렬한 광채가 뿜어져 나오는 것 같았다. 동시에 노파가 그르렁거리는 소리를 냈다. 이런 빛과 색조와 목소리의 변화 속에서 렌츠는 드디어 깊은 잠에 들었다.

그는 일찍 잠에서 깨었다. 어두운 방에는 아직 모두가 잠들어 있었다. 그 소녀도 조용히, 뒤로 기댄 채 누워 두 손을 왼쪽 뺨 아래에 포갠 채 잠들어 있었다. 그녀의 용모에서 유령 같은 것은 사라지고 이제는 형언할 수 없는 고통의 표정이 드러났다. 렌츠는 창가로 가서 창문을 열었다. 차가운 아침 공기가 확 들어왔다. 그 오두막은 동쪽을 향한 좁고 깊은 골짜기의 끝자락에 있었다. 붉은 햇살이 잿빛 아침 하늘을 뚫고 하얀 안개에 덮여 있는 어둑어둑한 골짜기를 비추었고, 회색 바위에 부딪혀서 반짝거리기도 하고, 오두막의 창문을 비추기도 했다. 그 남자가 잠에서 깨어났다. 벽에 걸려 있는, 햇빛을 받아 환해진 그림 한 장을 꼼짝 않고 바라보더니 입술을 달싹이며 조용히 기도를 했다. 기도 소리가 조금 커졌고, 점점 더 커졌다. 그러는 사이에 오두막으로 사람들이 들어와서 조용히 무릎을 꿇었다. 소녀는 몸을 떨며 누워 있었고 노파는 그르렁거리는 목소리로 찬송가를 부르기도 하고 이웃 사람들과 잡담을 하기도 했다. 사람들이 렌츠에게 말하기를, 그 남자는 오래전에 이 동네로 왔는데 어디서 왔는지는 모르지만 성자와 같은 명성을 얻고 있다고 했다. 그가 지하수를 찾아낼 수 있으며 마법으로 귀신을 불러낼 수도 있다는 것이다. 그래서 사람들이 마치 순례를 하듯이 그를 찾아온다는 것이었다. 렌츠는 자기가 슈타인탈에서 멀리 벗어난 곳에 와 있다는 말도 들었다. 그는 슈타인탈 쪽으로 나무하러 가는 사람들 몇 명과 함께 길을 나섰다. 일행이 있어서 좋았다. 가끔 무서운 목소리로 말을 하는 것 같은 그 막강한 남자와 같이 있는 것은 렌츠에게 불안한 일이었던 것이다. 또 그는 혼자 있는 것도 두려웠다.

렌츠는 슈타인탈로 돌아왔다. 그러나 간밤의 일이 그에게 강한 인상으로 남아 있었다. 세상은 그에게 영악한 곳이었다. 그는 심연을 향한 걷잡을 수 없는 충동을 느꼈다. 어떤 냉혹한 힘이 그를 심연으로 이끌어 가는 듯했다. 그는 자기 자신을 쥐어뜯었다. 그는 거의 먹지 않았고, 기도를 하면서 열병을 앓듯 몽롱하게 보내는 밤도 많았다. 격렬한 감정의 결과는 완전한 탈진이었다. 그는 뜨거운 눈물을 흘리며 누워 있었다. 그리고 갑자기 강력한 힘을 얻어 냉정하고 담담한 마음으로 몸을 일으켰다. 그의 눈물은 얼음처럼 차가워졌고 그는 웃지 않을 수 없었다. 높은 곳을 향하면 향할수록 더욱 더 깊이 아래로 침몰했다. 모든 것이 다시 원점으로 모여들었다. 과거의 상태에 대한 생각들이 갑자기 그를 사로잡았다. 그러더니 한줄기 빛이 그의 정신의 황량한 혼돈 상태를 비추었다. 그는 낮에는 늘 아래쪽 방에 앉아 있었다. 오벌린의 부인이 종종 그를 찾아왔다. 그는 그림을 그리거나 책을 읽고 심심풀이가 될 만한 것은 이것저것 모두 했다. 한 가지를 하다가 그만두고 다른 것으로 넘어가는 속도가 아주 빨랐다. 그러나 그는 특히 오벌린 부인과 함께 있을 때가 좋았다. 그때는 주로 그녀가 방에 들여놓은 화초 옆에 앉아서 검은색 찬송가 책을 앞에 놓고 앉아 있을 때였다. 막내 아이는 엄마 무릎에서 놀고 있는데, 렌츠는 그 아이와도 같이 놀 거리가 많았다. 한번은 그렇게 앉아 있다가 불안한 마음이 들어서 벌떡 일어나 방 안을 왔다 갔다 하기도 했다. 문이 반쯤 열려 있었는데 하녀가 노래하는 소리가 들려왔다. 처음에는 알아들을 수 없었지만 나중에는 가사가 들렸다.

> 이 세상에 나에게는 기쁨이 없네
> 내 사랑하는 이가 있지만 멀리 있다오

그 노래가 렌츠의 마음을 사로잡았다. 그는 거의 무아의 경지에 이르는 감동을 받았다. 오벌린 부인이 그를 쳐다보았다. 그는 용기를 냈다. 더 이상 침묵하고 있을 수는 없었다. 그는 말을 해야만 했다. "존경하는 오벌린 부인, 그 여인이 무엇을 하고 있는지 나에게 말씀해 주시지 않겠습니까? 그녀의 운명이 제 마음을 천근만근 짓누르는군요." "그렇지만 렌츠 씨, 저는 아무것도 모릅니다."

그는 다시 침묵했다. 그리고 방 안을 서성거렸다. 그러고는 다시 말을 했다. "저는 이제 가야겠습니다. 이곳에 계신 분들은 제가 어려움 없이 함께 지낼 수 있는 유일한 사람들입니다. 그렇지만, 그렇지만, 저는 떠나야 합니다. 그녀에게 가야 합니다. 그런데 그럴 수가 없습니다. 저는 그녀에게로 가면 안 됩니다." 그는 감정이 격해져서 밖으로 나갔다.

저녁 무렵에 렌츠는 다시 돌아왔다. 방 안에는 어둠이 깔리고 있었다. 그는 오벌린 부인 옆에 앉아서 말을 시작했다. "그녀가 방을 지나가면서 혼자 노래할 때, 그녀의 걸음걸음이 하나의 음악이었습니다. 그녀의 마음속에는 무한한 행복이 깃들어 있었고, 그것은 저에게까지 전해져 왔지요. 그녀를 볼 때, 또는 그녀가 저에게 머리를 기댈 때 저는 항상 마음이 편안했었습니다. 그런데 맙소사, 저는 지금 벌써 오래 전부터 마음이 편안하지가 않아요. 완전히 어린아이처럼 되어 버렸어요. 세상이 그녀에게 너무 넓은 것처럼 그녀는 자기 자신 속으로 움츠러들었습니다. 그녀는 온 집 안에서 가장 좁은 장소를 찾아서 마치 그녀의 모든 행복이 그 한 곳에 있는 것처럼 거기에 앉아 있었습니다. 그러면 저도 그녀와 같은 기분이 들었지요. 저는 어린아이처럼 장난도 할 수 있었을 것입니다. 지금 저에게는 세상이 너무 좁게 느껴집니다. 너무 좁아서 가끔은 손으로 하늘을 만질 수도 있을 것 같아요. 오, 질식할 것 같아요. 종종 왼쪽 옆구리와, 그녀를 안았던 팔에 통증이 느껴집니다. 그러나 저는 더 이상 그녀의 모습을 떠올릴 수가 없어요. 그녀의 영상이 저에게서 사라져 버렸습니다. 가끔 정신이 맑을 때는 괜찮지만 너무 힘들어요."—그는 나중에 오벌린 부인에게 자주 그 이야기를 했다. 그러나 대부분 이야기는 토막토막 끊어졌다. 그녀는 거의 대답을 하지 못했지만, 그래도 그에게는 위안이 되었다.

그러는 동안 그의 종교적인 고통은 계속되었다. 내면적으로 공허한, 서늘한, 죽어가는 듯한 느낌이 들면 들수록 자기 자신 속의 격정에 다시 불을 붙여야 한다는 욕구가 강렬하게 일어났다. 가슴 속에서 온갖 열정이 솟구쳤던 시절, 감정의 소용돌이 속에서 숨가빴던 시절, 그런 시절들에 대한 기억이 떠올랐다. 그런데 지금은 이렇게 무기력하다니. 그는 자기 자신에 대해 절망했다. 그는 무릎을 꿇고 두 손을 비비면서 자기 내면의 모든 기운을 불러 일으키려 했다. 그러나 어떤 기운도 살아나지 않았다. 죽은 듯했다. 그는 하나님에게 계시를 해달라고 간절히 기도했다. 그러고는 자기 자신을 쥐어뜯으며 금식도 해보고 꿈꾸듯 바닥에 누워 있기도 했다. 2월 3일에 그는 푸데이에서 어린아이가 한 명 죽었다는 말을 들었다. 그 아이의 이름은 프리데리케라고 했다. 이 소식을 듣고 그는 어떤 망상에 사로잡혔다. 그는 자기 방에서 하루 종일 금식을 했다. 2월 4일에 그는 얼굴에 재를 바른 채로 갑자기 오벌린 부인에게 가서 낡은 자루를 하나 달라고 했다. 그녀는 깜짝 놀랐지만 그가 원하는 것을 주었다. 그는 참회자처럼 자루를 몸에 두르고는 푸데이를 향해 길을 떠났다. 슈타인탈의 사람들은 그에게 이미 익숙해져 있었다. 그들은 그의 온갖 이상한 점들을 이야기했다. 그는 그 어린아이가 누워 있는 집으로 들어섰다. 사람들은 담담하게 자기 할 일들을 계속 하고 있었다. 사람들이 가리키는 방으로 갔더니 짚이 깔려 있는 나무 탁자 위에, 죽은 아이가 셔츠 차림으로 뉘어져 있었다.

렌츠는 차가운 시신을 만지고 반쯤 감은 유리알 같은 눈을 보면서 온몸에 전율을 느꼈다. 그 아이는 마치 버림받은 것 같았다. 렌츠는 자기도 그렇게 혼자이며 외롭다는 느낌이 들었다. 그는 시체 위로 몸을 굽혔다. 죽음이 그를 경악케 했다. 격렬한 통증이 그를 덮쳤다. 이 평온한 얼굴이 썩게 되는 것이구나. 그는 무릎을 꿇고 절망으로 괴로워하면서, 자기는 나약하고 불행한 존재이니 하나님께서 은총을 베풀어 죽은 아이를 살려달라고 기도했다. 그러고 나서 그는 자기 자신 속으로 완전히 침잠하여 모든 의지를 한 점에 집중하여 오랫동안 꼼짝 않고 앉아 있었다.

렌츠는 자리에서 일어나서 죽은 아이의 손을 잡고 큰 소리로 단호하게 말했다. "일어나서 걸어라!" 그러나 사방 벽에서 마치 그를 비웃기라도 하듯이 그의 목소리가 무미건조하게 울릴 뿐이었다. 죽은 아이는 살아나지 않았다. 그러자 그는 반미치광이처럼 바닥에 쓰러졌다.

잠시 후 그는 광기에 사로잡혀 산으로 갔다. 구름이 달을 가리며 빠른 속도로 지나갔다. 때로는 모든 것이 어둠에 묻혔고, 또 때로는 안개 낀 어슴푸레한 풍경이 달빛 속에서 드러났다. 그는 오르락내리락하며 산길을 걸었다. 그의 가슴속에서는 지옥의 승리가가 울려 퍼지고 있었다. 바람 소리가 거인의 노래처럼 들렸다. 그는 엄청나게 큰 주먹을 하늘을 향해 휘둘러 하나님을 끌어

내려서 구름에 질질 끌려가게 하고 싶었다. 그는 세상을 물어뜯고 씹어 으스러뜨려서 조물주의 얼굴에 뱉어 버리고 싶었다. 그는 꼭 그렇게 하겠다고 맹세를 하며 욕설을 퍼부었다. 어느덧 그는 산꼭대기에 올라왔다. 희미한 빛이, 하얀 돌멩이들이 놓여 있는 아래쪽으로 퍼지고 있었다. 하늘은 푸른빛의 멍청한 눈 같았고 달은 아주 우스꽝스럽게 거기에 걸려 있었다. 미련해 보였다. 렌츠는 크게 웃지 않을 수 없었다. 그 웃음과 함께 무신론이 그의 마음속으로 파고들었다. 그리고 그를 완전히 사로잡아 조용하면서도 단단하게 붙들었다. 조금 전에 무엇이 그를 그렇게 흔들어 놓았는지 그는 알 수 없었다. 추웠다. 잠을 자고 싶었다. 그는 침착하고 태연하게 그 섬뜩한 어둠 속을 헤치고 걸어갔다. 모든 것이 공허하고 텅 비어 있는 듯했다. 그는 뛸 수밖에 없었다. 마침내 집에 당도하여 그는 잠자리에 들었다.

다음 날 그는 자신의 어제 상태가 기억났고 커다란 공포를 느꼈다. 그는 이제 심연과 마주 서 있었다. 그 속을 다시 들여다보고 그 고통을 다시 느껴 보고 싶은 광적인 충동이 그를 사로잡았다. 그리고 두려움도 커졌다. 그는 신성 모독의 죄를 지었던 것이다.

며칠 후에 오벌린이 스위스에서 돌아왔다. 사람들이 예상했던 것보다 훨씬 더 일찍 돌아와서 렌츠는 깜짝 놀랐지만, 오벌린에게서 엘자스에 있는 친구들 이야기를 들으면서 유쾌해졌다. 오벌린은 방 안을 왔다 갔다 하면서 이야기보따리를 풀어 놓았다. 그는 페펠*에 관한 이야기를 하면서 시골 종교인의 삶이 행복한 것이라고 칭송했다. 그러면서 렌츠에게 부친이 원하는 대로 하라고 권했다. 고향으로 돌아가서 소명에 따르는 삶을 영위하라는 것이었다. 그는 렌츠에게 "부모를 섬겨라"와 같은 성경 구절의 말들을 많이 했다. 대화를 나누면서 렌츠는 극심한 불안에 빠졌다. 그는 깊은 한숨을 내쉬었고, 눈물을 쏟으며 떠듬떠듬 말했다. "예. 그렇지만 저는 견딜 수 없어요. 저를 쫓아내실 건가요? 하나님께로 가는 길이 오직 목사님에게만 있는데요. 저는 배교자가 되었습니다. 영원히 말입니다. 저는 영원한 유대인입니다." 오벌린은 그런 사람들을 위해서 예수가 죽은 것이라고 말하며 진심으로 기도하고 의지하면 은총을 받게 된다고 말했다.

렌츠는 고개를 들고 두 손을 비비면서 말했다. "아! 아! 하나님께서 위안이 되어 주시길!" 그러더니 갑자기 오벌린에게 그 여인이 무엇을 하느냐고 다정하게 물었다. 오벌린은 아무것도 모른다고 대답하며, 그렇지만 무엇이든 도와주고 조언해 줄 테니까 장소와 상황 그리고 그녀가 누구인지를 알려 달라고 했다. 렌츠는 갈피를 잡을 수 없는 말을 할 뿐이었다. "아, 그녀는 죽었어요! 그녀가 아직 살아 있다고요? 그대 천사여, 그녀는 저를 사랑했고 저

---

*   엘자스 출신의 작가이며 종교인인 고트리프 콘라트 페펠(1736-1809)을 말한다.

도 그녀를 사랑했어요. 그녀는 사랑 받을 만했어요. 오, 그대 천사여! 끔찍한 질투였어요. 제가 그녀를 희생시켰어요. 그녀는 또 다른 남자를 사랑했습니다. 저는 그녀를 사랑했어요. 그녀는 사랑 받을 만했어요. 오, 선량하신 어머니, 어머니도 저를 사랑했습니다. 저는 살인자입니다." 오벌린이 대답했다. 그 여인들은 모두 만족스럽게 잘 살고 있는지도 모른다. 원하는 대로 될 것이다. 하나님께서 그렇게 하실 수 있으며 또한 그렇게 하실 것이다. 살인자를 자처하는 그가 하나님께 귀의한다면, 그의 기도와 눈물을 보시고 여인들에게 은총을 베푸실 것이다. 그가 그들에게 주었던 이로움이 그가 그들에게 주었던 해로움을 모두 덮어 버리게 하실 것이다. 오벌린의 대답을 듣고 난 렌츠는 점점 마음이 평온해졌고 다시 그림을 그릴 수 있었다.

   오후에 렌츠가 다시 왔다. 왼쪽 어깨에 모피 한 조각을 걸치고 손에는 회초리 한 다발을 들고 있었다. 그 회초리는 사람들이 렌츠에게 주라고 오벌린에게 편지와 함께 맡겼던 것이었다. 렌츠는 회초리를 오벌린에게 주면서 그것으로 자기를 때려 달라고 부탁했다. 오벌린은 회초리를 받아들고 몇 번 입을 맞추고 나서, 그 입맞춤이 바로 렌츠에게 줄 매라고 말했다. 그러고는 혼자 고요히 하나님께 예배 드리고 싶다고, 어떤 매도 그의 죄를 씻지 못한다고, 예수님께서 모든 것을 대신하셨다고, 예수님께로 나아가고 싶다고 말했다. 그 말을 들은 렌츠는 다시 자기 방으로 돌아갔다.

저녁 식사 때 렌츠는 평소처럼 약간 우울해 보이더니, 뭔가 두려운 듯 빠른 속도로 온갖 이야기를 다 했다. 한밤중에 오벌린은 시끄러운 소리에 잠이 깼다. 렌츠가 마당을 뛰어다니며 공허하고 거친 목소리로 프리데리케라는 이름을 불러댔다. 몹시 빠르고, 혼란과 절망에 빠진 목소리였다. 그러고 나서 그는 우물가 물통에 뛰어들어 첨벙거리다가 나와서 자기 방으로 올라갔다. 그리고 다시 내려와서 물통에 들어갔다. 그러기를 수차례 반복하더니 드디어 조용해졌다. 렌츠의 방 아래쪽에 있는 아이들 방에는 하녀들이 자고 있었다. 하녀들은 종종 괴물의 소리라고밖에 할 수 없는 이상한 소리를 들었는데 그날 밤에는 심했었다고 말했다. 아마 그것은 렌츠가 끔찍한 절망에 사로잡혀 내는 공허한 목소리의 애원이었을 것이다.

다음 날 아침 렌츠는 늦게까지 내려오지 않았다. 결국 오벌린이 그의 방으로 올라갔다. 그는 침대에 꼼짝 않고 누워 있었다. 오벌린은 한참 동안 물은 끝에 겨우 그의 대답을 들을 수 있었다. "예. 목사님, 심심해요! 심심해요! 오! 정말 심심해요. 저는 무슨 말을 해야 할지 전혀 모르겠어요. 저는 벌써 벽에 모든 인물을 다 그려 놓았어요." 오벌린이 그에게 하나님께 나아가라고 말했다. 그러자 그가 웃으며 말했다. "예, 제가 목사님처럼 그렇게 행복하다면 그런 편안한 소일거리를 찾을 거예요. 그렇지요. 그런 방법으로도 시간을 보낼 수 있지요. 모든 것이 권태 때문이에요. 대부분 사람들은 심심해서 기도를 하고, 다른 사람들은 심심해서 사랑을 해요. 제3의 부류에 속하는 사람들은 덕행을 쌓지요. 그리고 제4의 부류는 악행을 저질러요. 저는 전혀 아무것도 하지 않아요. 자살조차도 하지 않아요. 너무 심심해요."

그러고서 그는 말을 이었다.

"오, 하나님, 당신의 빛의 물결에
당신의 빛나는 정오의 광채에
제 눈은 상처 입어 감기지 않아요.
다시는 밤이 오지 않을까요?"

오벌린은 마지못해 그를 바라보았다. 그리고 가려고 했다. 렌츠는 재빨리 그를 뒤따르며 섬뜩한 눈으로 바라보면서 말했다. "이제 생각이 났습니다. 제가 지금 꿈을 꾸고 있는지 깨어 있는지 구분을 할 수만 있으면 좋겠어요. 그건 정말 중요해요. 그것을 연구해 보면 좋겠습니다."—그리고 얼른 다시 침대로 들어갔다. 그날 오후에 오벌린은 근처 어떤 가정을 방문하려고 했다. 그의 부인은 벌써 먼저 떠났다. 그가 막 떠나려 할 때 문을 두드리는 소리가 나더니 렌츠가 들어왔다. 그는 몸을 앞으로 굽히고 머리를 아래로 떨구고 있었다. 얼굴은 재로 뒤범벅이 되어 있었고 옷에도 여기저기 재가 묻어 있었으며, 오른손으로 왼쪽 팔을 잡고 있었다. 그는 오벌린에게 그의 팔을 잡아당겨 달라고 부탁했다. 창문으로 떨어지면서 팔을 삐었다는 것이었다. 그러나 아무도 본 사람이 없었기 때문에 아무에게도 말을 하고 싶지 않다고 했다. 오벌린은 몹시 놀랐으나 아무 말도 하지 않고 렌츠가 원하는 대로 해주었다. 그리고 벨레포세의 학교 교사인 세바스티안 샤이데커에게 이곳으로 와 달라고 편지를 썼다. 그리고 렌츠에게 몇 가지 주의를 주고는 말을 타고 떠났다.

세바스티안이 왔다. 렌츠는 그를 이미 자주 본 적이 있었고, 그에게 호감을 갖고 있었다. 그는 오벌린과 무슨 이야기를 하려고 했던 것 같은데 오벌린이 없자 그냥 가려고 했다. 렌츠가 그에게 머물러 달라고 부탁했다. 그래서 그들은 함께 있게 되었다. 렌츠는 푸데이로 산책을 가자고 제안했다. 그는 자기가 살리려고 했던 아이의 무덤을 찾아갔다. 여러 번 무릎을 꿇으며 무덤의 흙에 입을 맞추었다. 기도를 하는 듯했으나 뒤죽박죽이었다. 그는 기념으로 간직하려는 듯이 무덤 위에 있는 꽃 몇 송이를 꺾었다. 그는 다시 발트바흐로 돌아갔다. 그리고 다시 무덤으로 되돌아갔다. 세바스티안이 계속 동행했다. 가끔 렌츠는 천천히 걸으며 팔다리에 힘이 없다고 하소연하다가 또 어쩔 때는 자포자기한 듯 빨리 걷기도 했다. 주변에 펼쳐져 있는 자연 경관이 그를 불안하게 했다. 너무 비좁아서 어디든 부딪힐 것 같은 두려움에 사로잡혔다. 뭐라고 설명할 수 없는 불쾌감이 엄습해 왔다. 결국 그에게는 동행자인 세바스티안도 귀찮게만 여겨졌다. 그는 세바스티안의 의도를 알아차리고 그를 떼어버리려 했다. 세바스티안은 렌츠의 요구에 따르는 듯 보였으나, 사실은 몰래 자기 형에게 렌츠의 위험한 상태를 알려서 오게 했다. 그래서 렌츠에게는 두 명의 감시자가 붙게 되었다.

그는 두 명을 여기저기 마구 끌고 다니다가 결국 발트바흐로 되돌아갔다. 마을 근처에서 렌츠는 번개같이 돌아서더니 한 마리 사슴처럼 푸데이 방향으로 도망가 버렸다. 두 사람은 급히 그를 뒤쫓았다. 그들이 푸데이에서 렌츠를 찾고 있을 때 두 명의 소매상인이 오더니, 낯선 남자 한 명이 어떤 집에 묶여 있는데 그가 자신을 살인자라고 하지만 그런 것 같지는 않다고 이야기해 주었다. 그들이 급히 그 집으로 달려갔더니 렌츠가 정말 묶인 채로 있었다. 한 젊은이가 렌츠의 간청에 못 이겨 두려워서 그를 묶었던 것이다. 그들은 렌츠의 결박을 풀고 무사히 발트바흐로 데려갔다. 오벌린도 그 사이에 부인과 함께 돌아와 있었다. 렌츠는 매우 혼란스러워 보였으나, 자신이 기분 좋게 친절하게 받아들여졌음을 알고 다시 기운을 얻었다. 그의 얼굴이 편안하게 바뀌었고 동행자 두 명에게 친절하고 다정하게 감사를 표했다. 그날 저녁은 조용히 지나갔다. 오벌린은 렌츠에게 이제는 물통 속에 들어가지 말고, 밤에는 조용히 침대에 누워서 잠을 이룰 수 없거든 하나님과 대화를 하라고 간곡하게 부탁했다. 렌츠는 그렇게 하겠다고 약속했고 그날 밤에는 약속을 지켰다. 하녀들이 거의 밤새 그가 기도하는 것을 들었던 것이다.

다음 날 아침 그는 즐거운 표정으로 오벌린의 방으로 왔다. 여러 가지 이야기를 나눈 후에 렌츠가 다정한 목소리로 말했다. "친애하는 목사님, 제가 말씀 드렸던 그 여인은 죽었습니다. 예. 그 천사가 세상을 떠났습니다." "어떻게 아셨습니까?" "신비로운 형상에 나타나 있습니다. 신비로운 형상에요." 그러고는 하늘을 쳐다보더니 다시 말했다. "예. 죽었어요. 신비로운 형상에 나타나 있어요." 더 이상 그의 입에서는 아무 말도 나오지 않았다. 그는 자리에 앉아 편지를 몇 통 쓰더니 몇 줄 첨가해 달라고 부탁을 하면서 오벌린에게 주었다.

그의 상태는 점점 더 악화되었다. 오벌린의 곁에서, 그리고 그 슈타인탈 마을의 고요 속에서 그가 얻었던 모든 안식은 사라져 버렸다. 그가 이롭게 사용하고 싶었던 세상에 거대한 균열이 생겨버린 것이었다. 그는 증오도 사랑도 희망도 모두 잃어버렸고, 그 마음에는 끔찍한 공허감과 그 공허감을 메워야 한다는 괴로운 근심이 있을 뿐이었다. 그는 아무것도 가진 것이 없었다. 그가 뭔가를 행할 때, 의식은 있었지만 어떤 내면적인 본능이 그를 뒤흔들었다. 혼자 있을 때는 끔찍이 외로웠다. 그래서 그는 끊임없이 자기 자신과 말을 했고, 소리를 질렀고, 그 소리에 또 놀랐다. 마치 어떤 생소한 목소리가 자기에게 말을 거는 것 같았던 것이다.

그는 대화를 나눌 때에도 말을 자주 더듬거렸다. 형언할 수 없는 불안이 그를 엄습해 와서 그는 자기가 말을 어디서 끝냈는지를 잊곤 했다. 그래서 그는 마지막으로 말했던 단어를 기억하면서 계속해서 말을 해야만 한다고 생각했지만, 그래도 간신히 그런 충동은 억제했다.

  그는 가끔 사람들과 조용히 함께 앉아 스스럼없이 말을 하다가 갑자기 말을 더듬고, 뭐라고 표현할 수 없는 불안을 드러내면서 옆에 앉아 있는 사람들의 팔을 발작적으로 붙잡았다가 서서히 정신을 차리곤 했는데, 그럴 때면 그곳의 선량한 사람들은 깊은 근심에 잠겼다. 그가 혼자 있거나, 책을 읽거나 할 때는 상황이 더욱 심각했다. 그의 모든 정신 활동이 가끔씩 한 가지 생각에만 사로잡혀 있는데, 그래서 어떤 낯선 사람을 생각하거나 또는 그 사람을 생생하게 떠올려서, 마치 자기가 그 사람인 것 같은 착각을 하는 것이었다. 그는 완전히 뒤죽박죽이 되어서 자기를 둘러싼 모든 것과 닥치는 대로 영적인 교감을 나누고 싶은 무한한 충동을 느끼는 것이었다. 오벌린만 제외하고 자연, 인간, 모든 것이 꿈만 같고 차가웠다. 그는 망상에 빠져 집들을 거꾸로 세워 보기도 하고, 사람들의 옷을 입혔다 벗겼다 하기도 하고, 엉뚱한 농담들을 생각해 내기도 하면서 즐거워했다. 가끔 그는 자기가 방금 생각했던 것을 실행하고 싶은, 거부할 수 없는 충동을 느꼈다. 그럴 때 그의 얼굴은 무섭게 일그러졌다.

언젠가 한번은 그가 오벌린 옆에 앉아 있을 때 고양이가 건너편 의자 위에 앉아 있은 적이 있었다. 갑자기 그의 눈이 고정되더니 꼼짝 않고 고양이를 노려보았다. 그리고 천천히 의자 밑으로 미끄러지듯 내려왔다. 고양이도 그와 똑같이 의자에서 미끄러지듯 내려왔다. 마치 고양이가 그의 시선에 홀린 듯했다. 고양이는 엄청난 불안에 빠졌고, 두려워서 온몸의 털을 곤두세웠다. 렌츠는 고양이 같은 소리를 내면서 끔찍하게 일그러진 얼굴이었으며, 둘은 마치 최후의 발악이라도 하듯이 서로에게 덤벼들었다. 결국은 오벌린 부인이 일어나서 그 둘을 떼어 놓았다. 정신을 차린 렌츠는 심한 수치심을 느꼈다.

그날 밤 렌츠의 발작은 최악에 이르렀다. 그는 처절한 공허감을 메우려 애쓰다가 간신히 잠이 들었다. 그리고 곧 비몽사몽간의 끔찍한 상태에 빠져들었다. 그는 공포스럽고 끔찍한 어떤 것과 부딪치고 있었다. 광기가 그를 사로잡았고, 그는 땀에 흠뻑 젖어 괴성을 지르며 벌떡 일어났다. 그리고 서서히 정신이 들었다. 그는 다시 제정신을 차리기 위해서 아주 간단한 것부터 시작해야만 했다. 그런데 사실은 <u>그가 스스로</u> 그렇게 하는 것이 아니고 강력한 생존 본능이 행하는 것이었다. 마치 두 개의 자아가 존재하고, 하나가 다른 하나를 구하려고 하는 것처럼 자기 자신에게 소리를 지르기도 했다. 그는 정신이 들 때까지 이야기를 하기도 하고, 매우 불안한 목소리로 시를 읊기도 했다.

예전에는 낮의 밝은 빛이 그를 보호해서 괜찮았는데, 이제는 낮에도 발작했고 증세는 더욱 끔찍했다. 그는 마치 혼자 있는 것 같았고, 세상은 오직 그의 망상 속에서만 존재하며 실제로는 아무것도 없는 것 같았다. 그는 자기 자신이 영원히 저주받은 자, 사탄인 것처럼 느껴졌다. 혼자서 이런 고통스러운 상상에 사로잡혔던 것이다. 그는 엄청난 속도로 자신의 삶을 질주하면서 말했다. "일관되게, 일관되게", 다른 사람이 무슨 말을 하면, "일관되지 않아, 일관되지 않아"라고 말했다. 그것은 구제할 수 없는 광기의 심연이었다. 영원한 광기의 심연이었던 것이다. 정신적인 생존 본능이 그를 일깨울 때면 그는 오벌린의 팔에 안겼다. 마치 그의 몸속으로 뚫고 들어가기라도 하려는 듯이 꽉 매달렸다. 오벌린은 그를 위해 존재하는 유일한 사람이었고, 오벌린을 통해서만 그의 삶은 다시 분명해지는 것이었다. 오벌린의 말을 들으며 그는 서서히 정신이 들었다. 그는 오벌린의 앞에 무릎을 꿇고 앉았다. 오벌린은 그의 손을 잡아주었고, 그는 식은땀으로 범벅이 된 얼굴을 오벌린의 무릎에 대고 있었다. 그는 온몸을 덜덜 떨고 있었다. 오벌린은 무한한 동정심을 느꼈고, 오벌린의 가족들은 무릎을 꿇고 불쌍한 렌츠를 위해서 기도했다. 하녀들은 그를 미친 사람으로 여기고 도망갔다. 그가 평정을 되찾았을 때는 마치 곤경에 처한 어린아이 같았다. 그는 흐느껴 울었고, 자기 자신에 대한 깊고도 깊은 연민을 느꼈다. 그때는 또한 그의 가장 행복한 순간이기도 했다.

  오벌린은 그에게 하나님에 관해서 말했다. 그는 조용히 몸을 비틀면서 한없이 괴로운 표정으로 오벌린을 쳐다보면서 말했다. "그렇지만 제가, 제가 전능하다면, 제가 그렇게 전능하다면 저는 이 고통을 그냥 견디지 않을 것입니다. 저는 구원할 것입니다. 구원할 것이라고요. 제가 원하는 것은 그저 휴식일 뿐이에요. 아주 조금의 휴식과 잠을 잘 수 있기를 바랄 뿐이라고요." 오벌린이 그것은 신성 모독이라고 말했다. 렌츠는 절망적으로 머리를 흔들었다. 그가 그동안 계속했던 어설픈 자살 시도는 정말 진지한 것은 아니었다. 죽고 싶다는 생각은 그에게 별로 크지 않았다. 그에게 죽음은 안식도 희망도 아니었기 때문이다. 그것은 오히려 끔찍이 불안한 순간들 속에서, 또는 허무와 맞닿아 있는 흐릿한 안식 속에서 육체적인 고통을 통해 자기 자신을 되찾으려는 시도였다. 그의 정신이 어떤 광기 어린 생각에 사로잡혀 질주하는 것으로 보일 때, 그때가 그에게는 가장 행복한 순간이었다. 그는 그런 순간에 약간이나마 안식을 찾았다. 그럴 때 그의 초점 없는 시선은 구원을 갈구하는 불안, 그 불안의 영원한 고통처럼 끔찍하지는 않았다. 그래서 그는 종종 머리를 벽에 부딪치거나 다른 방식으로 자신에게 극심한 육체적 고통을 가했던 것이다.

  8일 아침에 그는 침대에서 일어나지 않았다. 오벌린이 그의 방으로 가 보았더니 그는 거의 나체로 침대에 누워서 격렬하게 몸을 움직이고 있었다. 오벌린은 그의 몸을 이불로 덮어 주려고 했다. 그러나 그는 모든 것이 너무 무겁다고, 너무 무거워서 걸을 수도 없을 것 같다고 하소연했다. 이제 그는 공기마저도 끔찍하게 무겁게 느껴진다고 한탄했다. 오벌린은 그에게 용기를 내라고 위로했으나 그의 상태는 나아지지 않았고 그날 하루의 대부분을 그렇게 보냈다. 음식을 먹지도 않았다. 저녁 무렵에 오벌린은 벨레포세의 어떤 환자에게로 가봐야 했다. 온화한 날이었고 달도 떠 있었다. 돌아오는 길에서 그는 렌츠를 만났다. 렌츠는 아주 제정신으로 조용히 친절하게 오벌린에게 말을 걸었다. 그는 오벌린에게 너무 멀리 가지 말라고 부탁했고 오벌린은 알았다고 약속했다. 헤어져서 발길을 옮기던 그는 갑자기 몸을 돌리더니 다시 오벌린에게 바짝 다가와서 급하게 말했다. "목사님, 저 소리만 안 들리면 살 것 같아요." "어떤 소리 말씀입니까?" "아무 소리도 안 들리세요? 저 끔찍한 목소리가 안 들리세요? 저 지평선 주변 사방에서 들리는 외침 소리, 사람들이 흔히 정적이라고 부르는 저 소리가 안 들리세요? 저는 이 조용한 골짜기에 온 이후로 항상 저 소리를 듣습니다. 저 소리 때문에 잠을 잘 수가 없어요. 예. 목사님, 다시 잠을 잘 수만 있다면 좋겠어요." 그리고 그는 머리를 흔들면서 계속 발걸음을 옮겼다. 오벌린은 발트바흐로 돌아왔다. 렌츠가 자기 방으로 올라가는 소리가 들리자 그에게 사람을 보내려 했다. 그런데 잠시 후 마당에서 쿵 하는 커다란 소리가 들렸다. 사람이 떨어지는 소리 같지는 않았다. 아이 보는 하녀가 사색이 되어 벌벌 떨면서 달려왔다.

그들이 계곡을 떠나 서쪽으로 향할 때 렌츠는 냉담한 체념 상태로 마차에 앉아 있었다. 사람들이 그를 어디로 데려가든 그에게는 매한가지였다. 험한 길에서 마차가 여러 차례 위험한 상황에 이르렀어도 그는 아주 조용하게 앉아 있었다. 그는 완전히 무심했다. 이런 상태로 그는 산길을 내려갔다. 저녁 무렵에 그들은 라인탈에 도착했다. 그들은 점점 산에서 멀어지고 있었다. 산은 이제 짙푸른 수정의 파도처럼 저녁노을 속에서 떠올랐고, 그 따뜻한 물결 위에서 저녁의 붉은 햇살이 넘실대고 있었다. 산기슭의 평지에는 희미하게 빛나는 푸르스름한 실오라기 같은 것 하나가 떠 있었다. 그들이 슈트라스부르크에 가까워지면 가까워질수록 날은 어두워졌다. 보름달이 높이 떠 있었으나 멀리 보이는 것들은 모두 어둠에 싸여 있었고 오직 그 산 주변만 뚜렷한 능선을 이루고 있었다. 지구는 황금 트로피 같았고, 그 위로 달빛의 황금 물결이 거품처럼 흐르고 있었다. 렌츠는 물끄러미 밖을 내다보고 있었다. 어떤 예감도 어떤 충동도 없었다. 주위의 사물들이 어둠 속으로 사라질수록 그의 내면에서 막연한 불안이 자라났을 뿐이었다. 그들은 숙박을 해야 했다. 그때 그는 다시 몇 차례 자살을 시도했으나 날카로운 감시를 받고 있어서 뜻을 이루지 못했다. 다음 날 아침 음울하고 비 내리는 날 그는 슈트라스부르크에

도착했다. 그는 온전히 제정신으로 보였으며 사람들과 대화를 나누었다. 그는 남들과 똑같이 행동했으나 그의 내면에는 끔찍한 공허가 있었다. 그는 더 이상 불안을 느끼지 않았으며 욕망도 없었다. 그의 현존재는 그에게 어쩔 수 없는 짐이었다. 그는 그렇게 살았다.

보이첵
뷔히너 단편선

작 품 해 설

뒤틀린 삶을 날카롭게 통찰하는 세 편의 작품

보이첵

역사적 배경과 작품의 주제에 관하여

〈보이첵〉 주인공의 실제 모델은 1780년 1월 3일 라이프치히에서 가발 제작자의 아들로 출생한 요한 크리스티안 보이첵이다. 일찍 부모를 여읜 그는 가발 제작자가 되려고 했으나 뜻을 이루지 못하고 일정한 직업 없이 여러 곳을 떠돌다가 군복무를 마치고 1818년 겨울에 고향 라이프치히로 돌아왔다. 그는 세 들어 살던 집의 주인 딸인 과부 요한나 크리스티아네 우스트와 연인 관계가 되었다. 그러나 우스트가 다른 남자들, 특히 라이프치히의 군인들과 어울리는 것을 그만두지 않아서 둘 사이에는 심한 갈등이 발생했다. 게다가 보이첵은 자잘한 도둑질, 그리고 우스트 학대 죄로 1821년 초에 유죄 판결을 받았다. 그의 상황은 점점 나

빠져서 일자리도 구할 수 없었고 노숙과 구걸로 연명할 지경에 이르렀다. 그는 절망과 질투에 사로잡혀 1821년 6월 21일에 우스트를 칼로 찔러 살해했다.

보이첵은 체포되었으며 그에 대한 재판이 진행되는 동안 그의 심신 상태에 관한 생리학, 병리학 그리고 심리학적인 측면에서 여러 전문가들의 소견서와 변호인의 변론서가 제출되었다. 개인적이고 사회적인 조건들과 그의 심신 상태를 고려한 책임능력 여부 등이 집중적인 토론의 대상이 되었다. 재판은 수년 동안 계속되었으며 1824년 8월 27일에 사형이 집행된 후에도 그 사건은 전문가들의 관심을 끌었다. 그리고 그 사건과 그 사건에 대한 다양한 견해들은 일반인들의 관심까지 불러일으키게 되었다.

뷔히너는 그 사건, 그리고 1817년 9월 25일에 발생했던 38세 남자의 연인 살해 사건과 1830년 8월 15일에 발생했던 37세 남자의 연인 살해 사건을 소재로 하여 파괴된 개인을 형상화하는 작품〈보이첵〉을 집필했다. 세 살인 사건의 공통점은 재판에서 책임능력 여부가 쟁점의 하나였다는 것이다. 사회적으로 역사적으로 이미 결정되어 있다는 것, 그리고 그렇게 조건 지워진 인간의 어쩔 수 없는 자기 소외는 뷔히너의 마지막 작품이며 영향사적으로 가장 성공한 작품인〈보이첵〉의 포괄적인 주제이다.

작품의 현대성에 관하여

〈보이첵〉은 독일은 물론이고 우리나라를 비롯한 세계 각국에서 오늘날까지 읽히고 공연되고 있다. 그것은 작품이 갖고 있는 현대성에서 기인한다.

뷔히너가 살았던 당시의 독일은 정치적 자유와 사회적 평등을 요구한 프랑스 혁명의 영향을 받고 있었다. 특히 독일 혁명의 도화선이 되었던 1833년 프랑크푸르트 경비소 습격 사건 당시 대학생이었던 뷔히너는 정치적 탄압과 사회적 혼란, 그리고 다수 민중의 경제적 궁핍에 큰 관심을 갖게 되었다.

뷔히너는 반체제적인 인권협회 활동, 그리고 부당한 세금과 귀족 계급의 착취 등을 거부하는 정치적 팸플릿 '헤센 급전' 작성으로 지명 수배되어 독일을 떠나 스위스로 이주하여 그곳에서 24세의 나이로 병사했다. 그 짧은 생애를 역사적인 대변혁기에 살았던 것이다. 그의 작품 속에 사회 비판적인 요소가 풍부하게 내포되어 있는 것은 당연한 일일 것이다.

뷔히너는 모순과 혼돈으로 가득찬 사회적 환경 속에서 소외되고 고립되는 인간의 모습을 사실 그대로 형상화하는 철저한 리얼리스트였다. 그는 가혹한 현실에서 인간이 겪는 극심한 갈등을 아주 섬세하게 표현한다. 〈보이첵〉에서는 주인공 보이첵이 동거인 마리를 살해하기까지의 과정이 그려진다. 보이첵은 주변에서 무가치한 존재로 멸시받는 가난뱅이로서 고통 받고 핍박 받는다. 반면에 보이첵을, 즉 궁핍한 민중을 억압하는 모순된 사회 구조를 대표하는 인물로 대위, 의사, 군악대장 등이 등장한다. 게다가 보이첵은 살인을 명령하는 목소리를 듣는다. 그 목소리는 역사적 실제 사건이었던 보이첵 살인 사건에서 쟁점이 되었던 것이다. 정신착란 상태에서의 책임능력 문제가 대두되는 것은 이 때문이다.

뷔히너는 보이첵과 같은 인물에 대한 연민에서, 그리고 그를 억압하는 구조에 대한 증오에서 이 작품을 형상화했다. 보이첵이 굴욕적으로 사회적인 억압을 감내하다가 결국에는 살인에 이르게 되기까지의 전체 과정을 통해서 모순에 찬 사회 현실을 생생하고 리얼하게 폭로하는 것이다.

〈보이첵〉은 고전주의 희곡에서처럼 아름다운 영혼이나 우아한 품위 등을 직접 드러내지 않으면서도 참으로 순수하게 형상화 되어 있으며, 마찬가지로 청년독일파의 혁명적인 투쟁이나 민주공화국 건설에의 정치적 참여를 외치지 않으면서도 당시 사회를 생동감 있게 비판한다.

한편 〈보이첵〉은 독일 문학사에서 가엾고 근본적으로 선량한 보이첵이 어떻게 몰락하는지를 보여주고, 사회적인 관계들에 대한 예리하고도 독자적인 비평을 함으로써 사회극의 기초를 마련하고 있다는 평가를 받기도 한다.

주인공 보이첵은 당시 독일에서 처절하게 고뇌하고 신음했던 인간이었을 뿐만 아니라 오늘날에도 도처에서 생존의 위협에 직

면하고 있는 민중의 모습이기도 하다. 〈보이첵〉의 현대성, 아니 요절한 천재 작가 뷔히너의 현대성은 거기에 있다.

판본에 관하여

〈보이첵〉은 뷔히너가 1836년 가을 혹은 겨울에 집필한 것으로 추정되는 희곡이다. 미완성 유고로 발견된 네 종류의 자필 초안들에는 페이지 숫자도 기입되어 있지 않았고, 막이나 장의 순서는 물론이고 구별조차 되어 있지 않은 부분도 있었다. 등장인물이 달라지는 경우도 있었다. 그뿐만 아니라 잉크도 변색되어서 판독에도 어려움이 있어 의미 있는 줄거리를 구성하지 못하고 있는 상태였다. 뷔히너의 동생 루트비히가 1850년에 형의 유고 작품집을 처음으로 출간할 때 〈보이첵〉은 판독 불가를 이유로 포함시키지 않을 정도였다.

〈보이첵〉이 작품의 형태로 대중들에게 모습을 드러내게 된 것은 오스트리아의 작가 카알 에밀 프란초스의 공로이다. 그는 변색된 잉크를 화학적인 방법으로 처리하여 읽을 수 있게 만들고 공연할 수 있게 만들기 위한 포괄적인 편집 작업, 달리 표현하면 대대적인 임의 첨삭을 한 끝에 1879년에 처음으로 〈보이첵〉을 뷔히너 전집에 포함하여 출간했다. 그러나 당시의 제목은 판독 오류로 〈보체크〉로 표기돼 출간되었다. 그래서 이를 토대로 만든 오스트리아의 작곡가 알반 베르크의 오페라 제목도 〈보체크〉가

되었다.

  이후로 1920년에 게오르크 비트코브스키가 《보이첵》 단행본을, 그리고 1922년에 프리츠 베르크만이 〈보이첵〉을 포함한 뷔히너 전집을 출간했다. 비트코프스키는 작품의 생성 과정을 고려하지 않은 채 자료의 판독과 장면 배열에만 집중하여 자의적으로 수정을 가했다. 베르크만은 프란초스나 비트코브스키처럼 함부로 첨삭을 하지는 않았으나 장면 배열을 변경하거나 뷔히너가 삭제해 버린 장면을 삽입한다든가, 여러 생성 단계의 초안을 병렬 혼합하기도 했다.

  미완성 유고를 가지고 독자를 위한, 또는 연극을 위한 작품을 출간하는 과정에서 수정과 보완의 편집 작업이 필요함은 당연한 일이다. 그러나 이러한 편집 작업이 유고의 엄밀한 분석을 거친 후에 이루어진 것이 아니라는 데 문제가 있다.

  뷔히너에 대한 본격적인 문헌학적 연구가 이루어지고 그의 작품에 대한 역사-비평본이 나오게 된 것은 1960년대 말과 1970년대 초에 이르러서였다. 1967년에 함부르크에서 간행된 베르너 레만의 뷔히너 전집과 1972년에 슈투트가르트에서 간행된 로타 보른쇼이어의 《보이첵》 단행본을 대표로 꼽을 수 있다. 특히 레만이 펴낸 역사-비평본은 1980년에 뮌헨의 카알 한저 출판사에서 간행된 뷔히너 전집의 토대가 되었다. 이 번역은 카알 한저 출판사의 전집을 원본으로 삼은 것이다.

레옹스와 레나

코타 출판사는 1836년 2월 3일에 희극 작품을 현상 공모했다. 마감일은 7월 1일이었으나 나중에 약 2개월 연장되었다. 생활고를 겪고 있던 뷔히너는 1836년 6월에 집필을 시작하여 9월 초에 작품을 보냈으나 마감일이 지났기 때문에 반환되고 말았다. 그러나 뷔히너는 이 작품을 그의 생애 마지막 몇 개월 동안 계속 손질했으며 그렇게 해서 탄생한 것이 희극 〈레옹스와 레나〉이다. 이 작품은 거의 60년이 지난 1895년 5월 31일 뮌헨에서 초연되었다.

〈레옹스와 레나〉는 위트와 풍자, 반어적인 표현으로 이루어진 한바탕 언어유희의 폭죽놀이 같은 느낌을 준다. 창문을 통해 보이는 광경이라고는 '주인을 찾는 개가 왕국을 돌아다니는 것'과 '국경에서 누군가 산책하는 것'이 보일 정도로 작은 왕국의 왕자 레옹스를 주인공으로 전개되는 이야기 속에서 독일의 소국과 그 소국의 고루한 권력자들, 그리고 어리석은 신하들이 패러디되면서 조롱된다. 즐거운 동화의 세계를 가볍게 묘사하는 것 같지만 사실은 당대의 지배 상황에 대한 신랄한 비판인 것이다.

예를 들면 부패하지도 않았고 사악하지도 않지만, 바보 같고 무능하며 어떤 직무 수행도 하지 않는, 아니 아무런 할 일도 없는 페터 왕을 통해서 절대 왕정의 불합리함이 묘사된다. 특히 정신도 영혼도 없는 로봇 인간의 등장은 단순히 형식에 불과한 의전에서 아무 역할도 없는 신하들을 조롱하는 것으로 해석된다. 더 나아가 모순 투성이의 당시 독일 사회에서 살아 있는 꼭두각시와 다를 바 없는 무기력한 지식인들에 대한 비판으로도 읽힌다.

등장인물들 중에서 유일하게 현실을 꿰뚫어 보고 있는 발레리오가 자기가 소개한 두 로봇 인간보다도 한술 더 뜨는 가장 특이한 로봇 인간으로 자신을 소개하면서, 작품의 종결 부분에서 게으름뱅이의 천국을 이상향으로 제시하고 있는 것은 〈레옹스와 레나〉에 단순한 희극 이상의 심각성이 있음을 드러낸다.

이 작품에서 유일하게 직접적으로 등장하는 현실 비판은 정장을 입고 손에 전나무 가지를 들고 있는 농부들과 교장, 군수가 등장하는 장면일 것이다. 그러한 상황이 강요되던 당시 사회에 대한 노골적인 조롱이다.

〈레옹스와 레나〉를 통해서 현실 사회에 만연해 있는 가식과 허위, 부조리를 인식하고 이의 척결을 위해 힘쓰는 것은 독자 또는 관객의 몫이다.

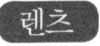

역사적 배경과 실존 모델

작품 〈렌츠〉의 역사적 실존 모델은 '질풍노도' 시기의 작가 야콥 미하엘 라인홀트 렌츠(1751-1792)이다. '질풍노도'는 '계몽주의'에 이어서 등장한 18세기 후반의 독일문학 사조로서 당시 독일의 봉건 사회에서 지배적이던 프랑스식 궁정 문화와 계몽주의의 일면적 합리성에 저항하며 감정, 상상력, 개성, 천재성 등의 거리낌 없는 표출을 추구했다. 궁정적인 것에 대항하여 민중적인 것, 민족적인 것이 강조되기는 하지만 유럽적인 배경, 특히 루소의 영향을 많이 받았다.

사회 비판적인 경향은 계몽주의적 요소가 급진적으로 드러난 것으로 볼 수 있을 것이다. 젊은 날의 괴테와 쉴러, 헤르더, 렌츠 등이 이 사조의 중심인물이다. 대표적인 작품으로는 헤르더의 평론 〈셰익스피어〉, 괴테의 소설 〈젊은 베르테르의 슬픔〉, 쉴러의 희곡 〈군도〉, 그리고 〈렌츠〉에서도 언급되는 렌츠의 희곡 〈가정교사〉와 〈군인들〉 등이 있다.

렌츠는 목사의 아들로 태어나 쾨니히스베르크에서 신학을 공부하다가 1771년에 학업을 중단하고 귀족의 가정 교사가 되어 슈트라스부르크로 갔다. 그곳에서 괴테, 헤르더, 쉴러 등을 알게 되었다. 그리고 1772년에 괴테의 연인 프리데리케에게 구애를 했으나 뜻을 이루지 못했다. 작품 〈렌츠〉에서 렌츠가 줄곧 소식을 묻는 '그 여인'은 바로 프리데리케이며 '그 여인'이 사랑했던 '다른 남자'는 괴테이다.

렌츠가 정신 질환의 첫 징후를 보인 것은 1777년이었으며 그는 의학도였던 친구 카우프만의 권고로 오벌린의 집에 머물렀다. 오벌린은 슈트라스부르크에서 신학을 공부하고 슈타인탈의 발더스바흐에 거주하던 목사이다. 작품 〈렌츠〉에 등장하는 슈타인탈이 바로 그곳이며 마을 발트바흐는 발더스바흐를 가리킨다. '탈'은 계곡이라는 뜻이며 '슈타인탈'은 슈트라스부르크 인근의 계곡 지대를 가리키는 말이다.

이곳저곳 떠돌던 렌츠는 1792년 모스크바의 거리에서 시체로 발견되었다. 그의 무덤이 정확히 어디에 있는지는 현재로서는 알려져 있지 않다.

문학적 형상화

뷔히너는 1835년 봄에 렌츠의 전기를 읽으며 그의 광기를 극복하려는 노력에 관심을 가졌다. 뷔히너는 슈트라스부르크의 목사였던 약혼녀의 아버지를 통해서 오벌린의 일기를 알게 되었고 결국 친구 슈퇴버를 통해서 일기를 손에 넣게 되었다. 오벌린의 일기 1778년 1월 20일부터 2월 1일 사이에는 렌츠의 방문이 상세히 기록되어 있었다. 작품 〈렌츠〉는 오벌린의 이 기록을 토대로 집필된 것이다.

〈렌츠〉는 정신분열증에 시달리던 '질풍노도'의 작가 렌츠의 모습을 묘사한 것이다. 따라서 일반적으로 〈렌츠〉는 〈당통의 죽음〉이나 〈보이첵〉에 비해서 정치적 의미가 없는 탈정치적인 작품으로 많은 연구가 이루어지고 있다. 이것은 현대 사회에 와서 의학도였던 뷔히너가 빚어낸 '인간 질병의 문학적 형상화'로 명백히 규정되는 것이다.

〈렌츠〉는 뷔히너가 독일 문학사에서 소외된 작가 렌츠에게 관심을 갖고 그때까지 내려오던 부정적 렌츠상(像)을 수정하려 했으며 독일에서 예술의 대상으로 삼지 않았던 정신병을 그의 고유한 리얼리즘 예술관으로 진지하게 다루었다는 점에서 독특한 위치를 차지하고 있는 작품이다.

그러나 〈렌츠〉에서 뷔히너 문학의 중요한 모티브들 중 하나인 사회 비판이 전혀 읽히지 않는 것은 아니다. 예를 들면, 아버지로 대표되는 목표 지향적인 세계에 대한 렌츠의 거부와 저항, 삶의 현실과 깊은 연관성이 있는 예술 모티브를 통한 현실 비판, 그리고 종교가 현실 문제를 해결하지 못하고 오히려 현실을 변용하는 것에 대한 비판 등을 읽을 수 있는 것이다.

한편 작품에 나타난 병든 인간의 처절하고 애처로운 모습은 당시와 마찬가지로 오늘날에도 여전히 우리를 당혹스럽게 한다. '사람들이 흔히 정적이라고 부르는 저 끔찍한 소리'가 안 들리느

냐는 19세기 뷔히너의 물음에, 21세기의 독자는 어떤 대답을 할 것인가.

이재인

작 가 연 보

1813년   헤센 주의 다름슈타트 근교 작은 마을 고델라우에서 태어났다.

1819~1820년   어머니에게 초등 교육을 받았다.

1822년   다름슈타트의 사립학교에 입학했다.

1825년   다름슈타트의 김나지움에 입학했다.

1826년   봄상급 학년으로 월반했다.

1827년　가을에 최고 학년으로 월반했다.

1828년　어머니 생일에 시 〈바다의 푸른 물결에 목욕을 하고〉를 지었다. 크리스마스에 부모를 위해 시 〈밤〉을 지었다.

1829년　가을영재반으로 옮겼다.

1831년　김나지움 졸업 후 슈트라스부르크 대학교 의대에 등록했다.

1832년　대학생 단체 '오이게니아'에서 독일의 정치적 상황에 관하여 강연했다.

1833년　독일 혁명의 도화선이 된 프랑크푸르트 경비소 습격 사건이 발생했다. 뷔히너는 부모에게 쓴 편지에서 그 사건에 관해 언급하고, 프랑스 사회 이론과 혁명 이론을 탐구하기 시작했다.

1833년　사회적이고 정치적인 문제 해결을 위해서는 투쟁이 필요하다고 부모에게 편지를 보냈다.

1833년　빌헬미네 예글레와 약혼했다.

1833년 기센 대학교 의대에 등록했다.

1833년 뇌막염으로 인해 학업을 중단하고 다름슈타트로 돌아갔다.

1834년 기센 대학교로 복귀하여 학업을 계속했다.

1834년 기센 인권협회를 창립했다.

1834년 정치적인 팸플릿 '헤센 급전' 초안을 작성했다.

1834년 인권협회 다름슈타트 지부를 개설했다.

1834년 '헤센 급전'을 인쇄했다.

1834년 '헤센 급전'을 배포하던 동료가 밀고로 인하여 체포되었다. 인권협회 회원들도 여럿 체포되었다.

1834년 아버지의 실험실에서 일하면서 스피노자, 루소, 테네만의 철학사, 그리고 프랑스 혁명에 관해 공부했다.

1835년　오펜바흐와 프리트베르크에서 예심 판사에게 심문을 받았다.

1835년　하순〈당통의 죽음〉집필을 시작했다.

1835년　〈당통의 죽음〉원고를 출판사에 보내고 1주일 후에 다름슈타트 예심 판사의 소환을 받았다.

1835년　다름슈타트에서 도주한 후 프랑스 국경을 넘어 슈트라스부르크에서 도피 생활을 하면서 헤센 출신의 정치적 망명자들과 교류했다.

1835년　반역 혐의로 지명 수배되었다.

1835년　〈당통의 죽음〉이 일부 내용 삭제되어 훼손된 형태로 출간되었다.

1835년　역사적 인물 렌츠와 오벌린을 탐구하며〈렌츠〉를 집필했다.

1835년　겨울자연과학과 철학을 공부하며 돌잉어의 신경 체계에 관한 연구 논문을 집필했다.

1836년   코타 출판사의 희극 현상공모전에 내려고 〈레옹스와 레나〉 집필을 시작했다.

1836년   돌잉어의 신경 체계에 관한 연구로 취리히 대학에서 박사 학위를 받았다.

1836년   슈트라스부르크를 떠나서 취리히로 이주했다.

1836년   취리히 대학에서 "두개골 신경에 관하여"라는 주제로 시범 강의를 하고, 강사로 임용되었다.

1836년   가을과 겨울에 〈보이첵〉 집필 작업에 몰두했다.

1837년   갑작스럽게 병에 걸렸다.

1837년   티푸스 진단을 받고 상태가 순식간에 악화되었다.

1837년   24세라는 젊은 나이로 사망했다.

보이첵
뷔히너 단편선

옮긴이 이재인

전남대학교 인문대 독문과와 서울대학교 대학원 독문과를 졸업했다. 한국경제신문사 기자로 근무하다가 독일 유학을 떠나 뒤셀도르프 대학교에서 독문학, 독어학, 교육학을 공부했으며 베를린 공대에서 인터넷을 기반으로 한 독일어 교육에 관한 연구로 박사 학위를 받았다. 〈Sprachliche Wirklichkeitssuche bei Paul Celan〉〈Die Metapher als Erkenntnismodell der Wirklichkeit〉〈이러닝 패러다임의 변화와 스마트 러닝〉〈듣기/읽기 능력의 동시 향상을 위한 독일어 수업모델 연구〉〈선험비판적 교육학과 우리나라의 교육 현실〉 등 다수의 논문을 발표했으며 저서로는 《Net 기초 독일어》가 있다. 현재 전남대학교에서 독일어를 강의하고 있다.

보이첵 뷔히너 단편선

개정 1쇄 펴낸 날 2021년 1월 30일

지 은 이   게오르그 뷔히너
옮 긴 이   이재인
펴 낸 이   장영재
펴 낸 곳   (주)미르북컴퍼니
자 회 사   더클래식
전   화   02)3141-4421
팩   스   02)3141-4428
등   록   2012년 3월 16일(제313-2012-81호)
주   소   서울시 마포구 성미산로32길 12 2층 (우 03983)
E-mail   sanhonjinju@naver.com
카   페   cafe.naver.com/mirbookcompany

* (주)미르북컴퍼니는 독자 여러분의 의견에 항상 귀 기울이고 있습니다.
* 파본은 책을 구입하신 서점에서 교환해 드립니다.
* 책값은 뒤표지에 있습니다.

1 | **노인과 바다** | **어니스트 헤밍웨이**
　1953년 퓰리처상 수상작 / 1964년 노벨문학상 수상작 / 미국대학위원회 선정 SAT 추천도서

2 | **동물 농장** | **조지 오웰**
　미국대학위원회 선정 SAT 추천도서 / 〈타임〉지 선정 현대 100대 영문소설
　한국 문인이 선호하는 세계명작소설 100선 / 서울시 교육청 추천도서
　논술 및 수능에 출제된 책(1998~2005)

3 | **어린 왕자** | **앙투안 드 생텍쥐페리**
　전 세계 1억 부 이상 판매 기록 / 16개국 언어로 번역

4 | **사람은 무엇으로 사는가(톨스토이 단편선 1)** | **레프 니콜라예비치 톨스토이**
　영어권 문학가들이 가장 좋아하는 작가 / 전 세계 거의 모든 언어로 번역된 필독서

5 | **검은 고양이(포 단편선)** | **에드거 앨런 포**
　포 최고의 미스터리 세계를 보여 준 호러 문학의 걸작

6 | **예언자** | **칼릴 지브란**
　'현대의 성서'로 불리는 책

7 | **젊은 베르테르의 슬픔** | **요한 볼프강 폰 괴테**
　세기의 철학가와 문인들의 찬사를 받은 대표작

8 | **독일인의 사랑** | **프리드리히 막스 뮐러**
　잊히지 않는 낭만적 사랑의 향기 / 독일 낭만주의 시인 막스 뮐러의 유일 순수문학 작품

9 | **이방인** | **알베르 카뮈**
　노벨 연구소 선정 최고의 세계문학 100선 / 1957년 노벨문학상 수상작
　대한민국 명사 101인의 대표 추천작 / 연세대학교 필독도서 / 미국대학위원회 선정 SAT 추천도서
　〈타임〉지 선정 세상을 움직인 책 100권

10 | **데미안** | **헤르만 헤세**
　노벨문학상 수상 작가 / 20세기 일대 센세이션을 일으킨 성장 소설의 고전
　서울시 교육청 추천도서

11 | 그리스인 조르바 | 니코스 카잔차키스
미국대학위원회 선정 SAT 추천도서 / 한국간행물윤리위원회 선정추천도서
한국출판인회의 출판인이 선정한 100권의 도서

12 | 위대한 개츠비 | 프랜시스 스콧 피츠제럴드
〈타임〉지 선정 현대 100대 영문소설 / 어니스트 헤밍웨이가 인정한 완벽한 일급 작품
20세기 100대 영문소설 1위 / 미국대학위원회 선정 SAT 추천도서 / 뉴욕 공립도서관 추천도서
대한민국 명사 101인의 대표 추천작 / WTO 북클럽 추천도서

13 | 도리언 그레이의 초상 | 오스카 와일드
미국대학위원회 고교 추천도서 101 / 대한민국 명사 101의 대표 추천작

14 | 벨 아미 | 기 드 모파상
모파상의 가장 매력적이고 파격적인 작품 / 19세기 파리를 뒤흔든 파격 스캔들
2012년 개봉한 영화 〈벨 아미〉 원작

15 | 이상한 나라의 앨리스 | 루이스 캐럴
난센스와 판타지의 대표작 / 아카데미 '미술상' 수상한 영화의 원작
19세기 가장 유명한 영국 아동문학 작가

16 | 두 도시 이야기 | 찰스 디킨스
영국이 낳은 가장 위대한 소설가 / 영화 〈다크나이트〉의 모티프
미국대학위원회 선정 SAT 추천도서 / 서울시 교육청 선정 청소년 필독도서

17 | 햄릿 | 윌리엄 셰익스피어
대한민국 명사 101인의 대표 추천작 / 서울대학교 권장도서 100선 / 서울대학교 동서고전 200선
연세대학교 필독도서 / 미국대학위원회 선정 SAT 추천도서 / 국립중앙도서관 선정 청소년 권장도서

18 | 오페라의 유령 | 가스통 르루
4대 뮤지컬 〈오페라의 유령〉 원작 소설 / 프랑스 최고 추리소설 작가

19 | 1984 | 조지 오웰
〈타임〉지 선정 세상을 움직인 책 100권 / 〈텔레그라프〉지 완벽한 도서관을 위한 권장도서 100
세계 3대 디스토피아 미래 소설 / 〈가디언〉지 권장도서 / 뉴욕 공립도서관 추천도서
하버드 대학생이 가장 많이 산 책 1위

20 | 수레바퀴 아래서 | 헤르만 헤세
대한민국 명사 101인의 대표 추천작 / 헤르만 헤세의 사춘기 시절 경험을 바탕으로 한 자전적 소설
노벨문학상 수상 작가 / 국립중앙도서관 선정 청소년 권장도서

21 22 23 | 안나 카레니나 1~3 | 레프 니콜라예비치 톨스토이
톨스토이 생애 최고의 리얼리즘 소설 / 서울대학교 권장도서 100선 / 서울대학교 동서고전 200선
연세대학교 필독도서 / 미국대학위원회 선정 SAT 추천도서 / 오프라 윈프리 북클럽 권장도서
논술 및 수능에 출제된 책(1998~2005)

24 | 오즈의 마법사 1 - 오즈의 위대한 마법사 | 라이먼 프랭크 바움
미국대학위원회 선정 SAT 추천도서 / 연세대학교 필독도서 / 국립중앙도서관 선정 우수 번역서

25 | 리어 왕 | 윌리엄 셰익스피어
대한민국 명사 101인의 대표 추천작 / 서울대학교 권장도서 100선 / 연세대학교 필독도서
미국대학위원회 선정 SAT 추천도서 / 〈가디언〉지 권장도서 / 세인트존스 대학교 권장도서
논술 및 수능에 출제된 책(1998~2005)

26 27 28 29 30 | 레 미제라블 1~5 | 빅토르 위고
저명한 문학비평가들이 극찬한 세기의 걸작 / WTO 북클럽 추천도서
2013년 개봉한 영화 〈레 미제라블〉의 원작 / 전자책 베스트셀러 1위(2013)

31 | 월든 | 헨리 데이비드 소로
미국대학위원회 고교추천도서 101 / 미국대학위원회 선정 SAT 추천도서

32 | 겨울 왕국(안데르센 단편선 1) | 한스 크리스티안 안데르센
어린이문학에 꽃을 피운 불멸의 작가 / 세계를 움직인 100권의 책 선정
노벨 연구소 선정 세계 100대 문학 작품

33 | 오만과 편견 | 제인 오스틴
서울대학교 동서고전 200선 / 연세대학교 필독도서 / 세인트존스 대학교 권장도서
〈텔레그라프〉지 완벽한 도서관을 위한 권장도서 100 / 〈가디언〉지 권장도서
미국대학위원회 선정 SAT 추천도서 / 국립중앙도서관 선정 청소년 권장도서

34 | 로미오와 줄리엣 | 윌리엄 셰익스피어
서울대학교 동서고전 200선 / 미국대학위원회 선정 SAT 추천도서
칼리지보드 선정 고교생 필독서 101권

35 | 바람이 분다 | 호리 다쓰오
미야자키 하야오의 애니메이션 영화 〈바람이 분다〉 원작

36 | 맥베스 | 윌리엄 셰익스피어
서울대학교 권장도서 100선 / 연세대학교 필독도서 / 미국대학위원회 선정 SAT 추천도서
국립중앙도서관 선정 청소년 권장도서

37 | 신곡 – 인페르노(지옥) | 단테 알리기에리
서울대학교 권장도서 100선 / 국립중앙도서관 선정 청소년 권장도서
미국대학위원회 선정 SAT 추천도서 / 〈뉴스위크〉지 선정 100대 명저

38 | 외투·코(고골 단편선) | 니콜라이 바실리예비치 고골
러시아 사실주의 문학의 지평을 연 작품

39 | 인간 실격 | 다자이 오사무
교육과학기술부 산하 사단법인 한국교육지원회 선정 아침독서 10분 운동 필독서
영화 평론가 이동진 추천도서

40 | 마지막 잎새(오 헨리 단편선) | 오 헨리
서울대학교·연세대학교 추천도서 / 서울시 교육청 추천도서
EBS 주최 북퀴즈 왕 선발 추천도서

41 | 오즈의 마법사 2 – 환상의 나라 오즈 | 라이먼 프랭크 바움
미국대학위원회 선정 SAT 추천도서

42 | 좁은 문 | 앙드레 지드
교육과학기술부 산하 사단법인 한국교육지원회 선정 아침독서 10분 운동 필독서

43 | 킬리만자로의 눈(헤밍웨이 단편선) | 어니스트 헤밍웨이
국립중앙도서관 선정도서 / 남산도서관 선정도서

44 | 벤자민 버튼의 시간은 거꾸로 간다(피츠제럴드 단편선 1) | 프랜시스 스콧 피츠제럴드
전미비평가협회 선정 '톱 10 작품', 영화 〈벤자민 버튼의 시간은 거꾸로 간다〉의 원작
2013 화제의 영화 〈위대한 개츠비〉 작가, 피츠제럴드 단편선

45 | 광란의 일요일(피츠제럴드 단편선 2) | 프랜시스 스콧 피츠제럴드
2013 화제의 영화 〈위대한 개츠비〉 작가, 피츠제럴드 단편선

46 | 천로역정 | 존 버니언
성경 다음으로 많이 읽힌 기독교 3대 고전 중 하나 / 2003년 국립중앙도서관 선정 고전 100선

47 | 세 가지 질문(톨스토이 단편선 2) | 레프 니콜라예비치 톨스토이
영어권 문학가들이 가장 좋아하는 작가 / 전 세계 거의 모든 언어로 번역된 필독서

48 | 갈매기(체호프 희곡선 1) | 안톤 체호프
미국대학위원회 선정 SAT 추천도서 / 서울대학교 권장도서 100선

49 | 개를 데리고 다니는 여인(체호프 단편선 1) | 안톤 체호프
서울대학교 동서고전 200선 / 노벨 연구소 선정 세계문학 100선

50 | 귀여운 여인(체호프 단편선 2) | 안톤 체호프
노벨 연구소 선정 세계문학 100선

51 | 폭풍의 언덕 | 에밀리 브론테
서울대학교 · 연세대학교 · 고려대학교 권장도서
1940 아카데미 상 최우수작 지명 〈폭풍의 언덕〉 원작

52 | 지킬 박사와 하이드 | 로버트 루이스 스티븐슨
2004 한국 문인이 선호하는 세계 명작 소설 100선 / 브로드웨이 뮤지컬 역사상 가장 아름다운 스릴러 / 〈지킬 앤 하이드〉 원작

53 | 바냐 아저씨(체호프 희곡선 2) | 안톤 체호프
서울대학교 권장도서 100선 / 노벨문학상 수상자 네이딘 고디머, 앨리스 먼로의 표본

54 55 | 이솝 이야기 1~2 | 이솝
어린이독서위원회, 서울 독서교육연구회 권장도서

56 | 오즈의 마법사 3 – 오즈의 오즈마 공주 | 라이먼 프랭크 바움
미국대학위원회 선정 SAT 추천도서

57 | **주홍색 연구(셜록 홈스 시리즈 1)** | **아서 코난 도일**
영국 BBC 제작, KBS 방영 〈셜록〉의 원작 / 대한민국 대표 추리 소설가 백휴의 작품해설 수록

58 | **네 개의 서명(셜록 홈스 시리즈 2)** | **아서 코난 도일**
영국 BBC 제작, KBS 방영 〈셜록〉의 원작 / 대한민국 대표 추리 소설가 백휴의 작품해설 수록

59 | **배스커빌 가의 개(셜록 홈스 시리즈 3)** | **아서 코난 도일**
영국 BBC 제작, KBS 방영 〈셜록〉의 원작 / 대한민국 대표 추리 소설가 백휴의 작품해설 수록

60 | **공포의 계곡(셜록 홈스 시리즈 4)** | **아서 코난 도일**
영국 BBC 제작, KBS 방영 〈셜록〉의 원작 / 대한민국 대표 추리 소설가 백휴의 작품해설 수록

61 | **페스트** | **알베르 카뮈**
노벨문학상 수상 작가 / 1947년 프랑스 비평가상 수상 / 서울대학교 권장도서 100선

62 | **무기여 잘 있거라** | **어니스트 헤밍웨이**
노벨문학상 수상 작가 / 〈타임〉지가 뽑은 20세기 최고의 문학 100선
미국 대학 위원회 선정 SAT 추천 도서 / 서울대학교 권장도서 200선

63 | **야간 비행** | **앙투안 드 생텍쥐페리**
1931년 페미나 문학상 수상 / 작가의 경험이 들어간 직업 소설

64 | **톰 소여의 모험** | **마크 트웨인**
미국 현대문학의 효시 마크 트웨인의 대표작 / 일본 후지TV 애니메이션 〈톰 소여의 모험〉 원작

65 | **프랑켄슈타인** | **메리 셸리**
오늘날 SF소설의 선구 / 과학기술이 야기하는 사회적, 윤리적 문제를 다룬 최초의 소설

66 | **마음** | **나쓰메 소세키**
서울대 권장도서 100선 / 일본의 셰익스피어 나쓰메 소세키의 대표작

67 | **노예 12년** | **솔로몬 노섭**
2014 아카데미 시상식 3관왕 〈노예 12년〉 원작 / 노예 해방의 도화선이 된 작품

68 | **성냥팔이 소녀(안데르센 단편선 2)** | **한스 크리스티안 안데르센**
SBS 드라마 〈신의 선물─14일〉 메인 테마 도서 / 어린이문학에 꽃을 피운 불멸의 작가

69 70 | **제인 에어 1~2** | **샬럿 브론테**
150년간 사랑받은 로맨스 소설의 고전 / 미국 대학위원회 선정 SAT 추천도서
영국 〈가디언〉이 선정한 세계 100대 최고의 소설 / 연세대학교 권장도서
영국 BBC 조사 영국인들이 가장 사랑하는 소설 100선 / 현대 여성들이 가장 사랑하는 필독서

71 | **예수의 생애** | **찰스 디킨스**
2014년 개봉 〈선 오브 갓〉 원작 / 종교철학자 헤겔의 사상을 만든 고전
대문호 찰스 디킨스의 숨은 명작

72 | 싯다르타 | 헤르만 헤세
대한민국 명사 시인 장석남이 강력 추천한 작품 / 출간과 동시에 10만 부가 넘게 팔린 역작
진정한 자아를 깨닫기 위해 늘 고민하던 헤르만 헤세의 자전적 소설

73 | 신곡-연옥 | 단테 알리기에리
서울대 권장도서 100선 / 미국대학위원회 선정 SAT 추천도서
국립중앙박물관 선정 청소년 권장도서 / 〈뉴스위크〉 선정 100대 명저

74 75 | 테스 1~2 | 토머스 하디
미국 영국 BBC 선정 영국인이 사랑한 책 100선 / 서울대 추천 고등학생 권장도서 100선

76 | 신데렐라(샤를 페로 단편선) | 샤를 페로
프랑스 아동 문학의 아버지 / 영화 〈말레피센트〉원작

77 | 미녀와 야수(보몽 단편선) | 쟌 마리 르 프랭스 드 보몽
변신 모티프의 전형을 완성 / 미야자키 하야오와 디즈니 애니메이션 원작

78 79 80 | 웃는 남자 1~3 | 빅토르 위고
빅토르 위고가 최고로 자부한 걸작 / 출간 당시 전 유럽을 충격에 빠트린 문제작
뮤지컬, 영화 등 여러 매체로 알려진 〈웃는 남자〉의 원작
한국간행물윤리위원회 선정 청소년 권장도서(2007)

81 | 마담 보바리 | 귀스타브 플로베르
사실주의 문학의 거장 귀스타브 플로베르의 대표작 / 서울대학교 추천 도서 100선
외설적이라는 이유로 19세기 교황청 금서목록에 선정된 작품 / 〈뉴스위크〉지 선정 100대 명저

82 | 별(도데 단편선 1) | 알퐁스 도데
자연주의와 인상주의의 절묘한 조화 / 서정적인 감수성과 아름다운 문체
부산시 교육청 선정 중학생 권장도서 / 포스코 교육재단 선정 중학생 필독도서

83 | 보이첵(뷔히너 단편선) | 게오르그 뷔히너
세계 최초로 한국에서 뮤지컬화 된 〈보이첵〉의 원작
시대를 폭로하는 천재 작가의 현실감 넘치는 작품

84 | 오셀로 | 윌리엄 셰익스피어
셰익스피어 4대 비극 중 하나 / 〈뉴스위크〉 선정 100대 명저 / 서울대학교 권장도서 100선

85 | 변신(카프카 단편선) | 프란츠 카프카
소외된 인간이었던 작가의 갈등과 고독을 반영 / 서울대 추천도서 100선 / 명사 101명이 추천한 파워클래식

86 | 피노키오 | 카를로 콜로디
월트 디즈니 인생 최고의 애니메이션으로 재탄생
스티븐 스필버그 감독의 2001년작 〈A.I〉의 모티브 / 260개 언어로 번역된 교훈적 내용

87 | 세상을 보는 지혜 | 발타자르 그라시안·쇼펜하우어
세기를 아우르는 저명한 철학자가 쓰고 철학자가 옮긴 대표적인 작품
세상을 살아가는 데 꼭 필요한 빛나는 지혜를 전수해 주는 인생 처세서

88 | 마지막 수업(도데 단편선 2) | 알퐁스 도데
중·고등학교 국어 교과서 수록 작품 / 교육청 선정 청소년 권장도서 100선

89 | 키다리 아저씨 | 진 웹스터
출간 이래 100년 동안 사랑받아 온 스테디셀러 / 세상의 편견을 뛰어넘은, 편지 형식 소설의 대명사

90 | 키다리 아저씨 2 ─ 그 후 이야기 | 진 웹스터
미국·일본·한국에서 2차 창작된 작품의 속편 / 여성의 대외 활동을 고양시킨 사회적 걸작

91 92 93 | 피터 래빗 이야기 1~3 | 베아트릭스 포터
세상에서 가장 사랑받는 토끼 이야기 / 자연 보호와 동물 존중 사상이 담긴 작품

94 95 | 드라큘라 1~2 | 브램 스토커
지금까지 가장 많은 동명의 영화로 제작된 고딕 소설의 대명사
2004년 뮤지컬로 만들어져 브로드웨이 초연 이후 세계 각국에서 사랑 받아온 작품

96 97 98 99 | 카라마조프가의 형제들 1~4 | 표도르 도스토옙스키
신·종교, 삶·죽음, 사랑·욕망 등 인간 내면의 본성의 문제를 다룬 작품
정신분석학자 프로이트가 꼽은 세계문학사 3대 걸작 중 하나

100 | 하늘과 바람과 별과 시 | 윤동주 (양승갑 영작)
요절한 천재 민족 시인의 유고시집 / 대중성과 문학성을 겸비한 시인 김경주 추천작

101 | 정글북 | 러디어드 키플링
영미권 작품 최초, 최연소 노벨문학상 수상작 / 정글의 생명력을 담은 자연친화적 작품
가의 아버지 존 록우드 키플링이 직접 그린 삽화 및 기타 삽화가들 그림 삽입

102 | 거울나라의 앨리스 | 루이스 캐럴
난센스와 판타지의 대표작 《이상한 나라의 앨리스》 속편
거울 속으로 떠난 앨리스의 두 번째 모험 이야기

103 | 마테오 팔코네(메리메 단편선) | 프로스페르 메리메
프랑스 단편소설의 거장 메리메의 대표 단편선 / 비제의 오페라 〈카르멘〉의 원작자

104 | 빨강머리 앤 | 루시 모드 몽고메리
캐나다의 대표적인 소설가 몽고메리의 데뷔작 / 서울시 교육청 선정 청소년 권장도서
KBS TV '책을 말하다' 추천도서 / 일본 후지 TV 애니메이션 〈빨강머리 앤〉 원작

105 | 삶이 그대를 속일지라도(푸시킨 시선집) | 알렉산드르 푸시킨
러시아 리얼리즘 문학의 선구자이자 러시아 국민시인 푸시킨의 대표 시선집

106 | 도련님 | 나쓰메 소세키
일본의 셰익스피어 나쓰메 소세키를 인기 작가 반열에 올린 작품
'책으로 따뜻한 세상 만드는 교사들(책따세)' 권장도서
서울시 교육청 '청소년을 위한 고전 콘서트' 도서 / 서울대학교 지정 수능필독도서

107 │ 은하철도의 밤(겐지 단편선) │ 미야자와 겐지
  일본이 가장 사랑하는 동화작가 미야자와 겐지의 대표 단편선
  일본 후지 TV 애니메이션 〈은하철도 999〉의 모티브

108 │ 자기만의 방 │ 버지니아 울프
  20세기 페미니즘 비평의 선구자 버지니아 울프의 수필집
  국립중앙도서관 선정 권장도서 / 서강대학교 권장도서 100선

109 │ 플랜더스의 개(위다 단편선) │ 위다(매리 루이스 드 라 라메)
  멜로 드라마풍의 작품으로 유명한 영국의 아동문학가
  서울시 교육청 선정 청소년 권장도서 / 일본 후지 TV 애니메이션 〈플랜더스의 개〉 원작

110 │ 크리스마스 캐럴 │ 찰스 디킨스
  셰익스피어와 함께 영국을 대표하는 작가 찰스 디킨스의 중편소설
' 책으로 따뜻한 세상 만드는 교사들(책따세)' 권장도서

111 │ 탈무드
  5000년에 걸친 유대인의 지혜가 담긴 책 / 서울대학교 지정 수능필독도서
  포스코 교육재단 선정 초등학교 필독도서 / 경북교육청 선정 청소년 권장도서
  백인제기념도서관 교양도서

112 │ 호두까기 인형 │ 에른스트 호프만
  1892년 차이코프스키 발레 호두까기인형의 원작소설
  2018 디즈니 애니메이션 호두까기 인형과 4개의 왕국의 원작소설

113 114 │ 곰돌이 푸 1~2 │ 앨런 알렉산더 밀른
  2018 영화 '곰돌이 푸 다시만나 행복해' 원작 동화 / 곰돌이 푸가 건네는 따뜻한 감성 메시지

115 │ 인형의 집 │ 헨릭 입센
  여성 평등을 그린 선구자적인 작품 / 페미니즘 희곡의 대명사 / 노벨연구소 선정 세계 100대 문학

* 더클래식 세계문학 컬렉션은 계속 출간될 예정입니다.